ANTES DO CIRCO

JERÔNIMO TEIXEIRA

ANTES DO CIRCO

EDITORA RECORD
RIO DE JANEIRO • SÃO PAULO

2008

CIP-Brasil. Catalogação-na-fonte
Sindicato Nacional dos Editores de Livros, RJ.

T266a   Teixeira, Jerônimo, 1968-
         Antes do circo / Jerônimo Teixeira. – Rio
         de Janeiro: Record, 2008.

         ISBN 978-85-01-08121-6

         1. Conto brasileiro. I. Título.

                                    CDD – 869.93
08-1293   CDU – 821.134.3(81)-3

Copyright © Jerônimo Teixeira, 2008

Obra concluída com o apoio do Programa de Bolsas para Escritores
Brasileiros da Fundação Biblioteca Nacional

Direitos exclusivos desta edição reservados pela
EDITORA RECORD LTDA.
Rua Argentina 171 – Rio de Janeiro, RJ – 20921-380 – Tel.: 2585-2000

Impresso no Brasil

ISBN 978-85-01-08121-6

PEDIDOS PELO REEMBOLSO POSTAL
Caixa Postal 23.052
Rio de Janeiro, RJ – 20922-970

EDITORA AFILIADA

Could anything like a story be made?
John Carlyle,
em carta para o irmão, Thomas

Para Eliane, pelo conto que ficou de fora, mais uma vez

Sumário

Onde a sombra bebe café	11
Unheimlich	23
St. Mejoroni	37
Gigolo ivre	43
Deus em Porto Alegre	49
Melancólica morte de um comunista	75
Melodrama	85
Reduzir a pó os testículos	95
Páginas arrancadas de um tratado de estética	97
Antes do circo	103
Pedacinho do Céu	105

Onde a sombra bebe café

Shade more than man, more image than a shade

W. B. Yeats

    Uma película fina e gordurosa se deposita no rastro do pano, camada úmida que se rasga pela insuficiência de água, abrindo claros minúsculos, ilhas de fórmica azul, em um desenho abstrato e irregular, dinâmico e efêmero, espécie de mosaico de igreja pobre, com nenhuma cor outra fora uma quase imperceptível iridescência nos pontos onde a luz incide sobre os finos veios de água ensaboada, e um bem mais triste efeito de contraste criado pelas linhas pretas e encardidas que se vão traçando ali onde a água se faz mais rala, como que para demarcar bem os limites de cada uma das ínfimas ilhotas azuis.

    O pano vai se arrastando até a sisuda vizinhança dos cotovelos do homem de terno escuro, geometricamente apoiados sobre o balcão. Perfeição eqüilátera — no vértice superior do triângulo, segura por duas mãos como um vaso de sacrifício ritual, uma mera e lascada xicrinha de porcelana, da qual se evolam os odores saborosos e negros do café.

— Já não te disse pra lavar o pano, Rudimar?

A voz do padrasto, a voz do patrão. O guri recolhe o pano e as palavras. Retira-se para a cozinha, pela porta do fundo do bar, para lavar os trapos e esconder o constrangimento adolescente por ser repreendido na frente de um adulto, um freguês apessoado, cara de gorjeta gorda. O dono do bar, na incompreensão bruta com que as massas desentendem a vanguarda, destrói com um pano seco o miserável mosaico de água sabão sujeira.

O homem do terno escuro mantém uma olímpica indiferença à azáfama de panos a seu redor. Não deu ouvidos à conversa do guri, um amontoado de banalidades desastradas em que a gentileza era atropelada pela intromissão, que calor, hein?, parece que vem temporal aí, o senhor com esse terno deve sofrer, eu que não queria ter serviço que manda vestir gravata. Tampouco responde agora às desculpas do dono do bar, o senhor não repara, o guri tá começando no serviço, é esforçado mas se atrapalha.

Só o que ele faz, irritante lentidão, é tomar café. Depois pousa a xícara sobre o pires (e a suavidade do gesto parece afeminada ao dono do bar). Não pergunta quanto deve: enfia a mão em um bolso interno do casaco e tira o troco certo. Junta a pasta executiva que deixara no tamborete ao lado do seu e ganha a rua.

— Sujeito esquisito.

O dono do bar não responde ao enteado. Não, tampouco se agradou do homem do terno escuro. Mas "esquisito" não é a palavra certa (nem o dono do bar é homem de se preocupar com palavras). Enfim, freguês de ocasião. Passou por ali, quis café, entrou, bebeu, pagou. Não volta mais.

— Um cafezinho, por favor.

As mesmas palavras, a mesma voz anódina, nem pedido nem ordem, como se constatasse: aqui se vende café. O dono do bar estava de costas para a porta, ajeitando garrafas no freezer. Não precisou se virar para saber quem encontraria, sentado do outro lado do balcão, a mesma pasta executiva pousada no tamborete vago ao lado, o mesmo terno escuro e bem cortado. Uma contrariedade inexplicável o invade, e quase se bota a protestar, o senhor de novo aqui?, mas não pode, não deve destratar freguês, e talvez por isso grite para a cara pasma e espinhenta de Rudimar, então tu não vê que eu estou ocupado, animal? serve o freguês. Rudimar balbucia qualquer coisa que não se sabe queixa ou desculpa. E serve o café na mesma xícara lascada do dia anterior.

O homem do terno escuro leva os mesmos excessivos cinco minutos para beber o conteúdo aperitivo da xícara. O mesmo bolso interno produz mais uma vez os contados quarenta centavos, o mesmo giro sobre o tamborete o coloca de frente para a rua, a mesma mão direita junta a mesma pasta executiva, e a mesma tardinha que cai eterizada sobre a cidade suarenta dissolve em seu brilho evanescente a mancha negra do terno. Sujeito esquisito, repete Rudimar.

E assim no dia seguinte, e no dia depois do seguinte, quando afinal cai o temporal que Rudimar anunciava setenta e duas horas antes (e nem por isso a pasta executiva vem acompanhada de um guarda-chuva). O mesmo terno o mesmo pedido o mesmo tempo excruciante para beber a mesma xícara ínfima, e nem um vinco a mais se produzia no tecido escuro, e nem um resíduo de suor ou chuva na testa lisa. Ninguém mais ali se veste assim. Alguns caixeiros-viajantes usam terno, mas os cotovelos puídos denunciam o aperto financeiro, e também alguns bancários em fim de expediente, mas chegam sempre desapertando a gravata, e o uniforme de alguns comerciários é até aprumado, mas com um logotipo de loja no bolso da camisa e a gravata da mesma cor da calça. O dono do bar tenta perguntar a um ou outro quem é o estranho, e obtém respostas tão desencontradas quanto vagas: na certa é engenheiro do loteamento aí do lado — tem cara de vendedor — não é o irmão da Noêmia?, diz que passou no concurso, emprego bom. A abordagem direta é inútil. O silêncio do homem do terno escuro desencoraja qualquer insistência. Nem arrogância nem distração: é antes como se tudo o que soubesse dizer fosse "um cafezinho, por favor".

O dono do bar sempre deixa que Rudimar sirva o café para o homem das seis e meia — assim o chamam os poucos freqüentadores que chegam mais cedo para a cerveja acompanhada de "martelinhos" de cachaça. Um pau-d'água um dia se obstinou em impedir que o homem do terno escuro encontrasse vago o seu lugar. Abancou-se no tamborete anunciando que dali não saía, até que chegou um grupo de amigos e com eles uma aposta na mesa de sinuca, e eram seis e vinte e oito e dali a pouco ninguém nem precisou olhar o relógio quando o terno escuro entrou no bar para sentar no mesmo lugar de sempre, para pedir o mesmo café de sempre, sempre.

Assim foi até o homem das seis e meia se confundir com a paisagem, costumeiro, certo, todos os dias mesma hora mesmo lugar mesmo pedido e até o pessoal avisava aos novos freqüentadores não senta aí, só depois das sete, e riam, um riso que desculpava a antipatia do estranho, que a misturava ao aviso indefectível ao lado da gravura idem da Santa Ceia: "fiado só amanhã". Para todos o homem das seis e meia fica sendo a sirene da fábrica, a *Hora do Brasil* cortando o pagode no rádio, o luminoso de Coca-Cola encimado pelo letreiro "Bar do João" que o proprietário acende quando escurece.

Para todos, menos para João Alfredo.

O dono do bar recalca há dias o mesmo protesto inarticulado, desejo de que aquele estranho não sente em seu tamborete, não consuma o seu café, sobretudo não lhe pague, não deixe sobre o balcão as mesmas quatro miseráveis moedas de dez centavos. Não pode recusá-lo, corrê-lo do bar. Tem medo de que, se o tentar, o estranho reaja com o mesmo silêncio inabarcável, e sua ausência dali por diante seja tão torturante quanto sua pontual presença, quanto os gestos todos minuciosos, precisos, medidos em colheres de cafezinho. João Alfredo aceita o homem das seis e meia no seu bar, não como os outros o aceitam, como estas coisas que de estarem sempre lá onde estão deixam de incomodar, mas como o rasgo no pano verde, aquele rasgo pequeno que as bolas e os tacos vão aos poucos esgarçar — até que ele se veja obrigado a trocar o pano.

— Hoje eu sirvo ele.

Rudimar abre a boca e fecha a boca e olha o padrasto e a máquina de café com aquela expressão aparvalhada que não sabemos se a maturidade vai corrigir ou agravar e que encoraja os bêbados mais chatos a lhe passarem a mão na bunda só para ver a explosão de sua raiva impotente e humilhada. Não diz nada. O padrasto João Alfredo anda mesmo calado e soturno e fechado e com o olho vagando entre a máquina de café e o relógio de parede que já marca seis e meia de um dia de inverno precoce, um dia de abril frio e ventoso.

— Um cafezinho, por favor.

O homem bebe sem reparar na deferência que o dono do bar faz em servi-lo pela primeira vez e sem notar a insolência com que João Alfredo o observa fixo e frio nos cinco minutos do café. É só quando a xícara pousa no pires que um encara o outro, e para João Alfredo aquele olhar furtivo é um chamado, pode quase ouvir o homem das seis e meia finalmente em outras palavras, nem ordem nem pedido, desafio: vamos lá, tu e eu.

As quatro moedas já estão sobre o balcão. A mancha negra do terno desaparece na porta. João Alfredo deixa uma ordem lacônica para que o atônito Rudimar tome conta de tudo. Não vai demorar, só o tempo de esclarecer, de saber. Apanha o casaco e sai. Tão logo pisa a calçada em frente ao bar, é tomado pelo ridículo da situação — pois se o homem dali a uma ou duas quadras vai decerto pegar o carro e deixar ele comendo poeira —, porém mais ridículo ainda seria voltar. Olha para os dois lados, o terno escuro segue pela direita. João Alfredo vai atrás, mantendo uma distância cautelosa.

O homem das seis e meia toma a direita, depois a esquerda, depois a direita de novo, não parece querer chegar a lugar algum. Decerto esqueceu onde estacionou, pensa João Alfredo, quase desejando que exista mesmo um carro. A vizinhança é familiar a João Alfredo, alguns moradores o cumprimentam, ele responde com um aceno curto, sem olhar, receoso de que alguém o pare para conversar, que pergunte para que lado ele vai. E para que lado ele vai?

Atravessam uma praça com bancos de concreto, grama rala, poucas árvores baixas e quase nuas. Contornam um campo de futebol. Sem interromper a pelada, alguns guris gritam: "Urubu! Urubu!" O homem de terno escuro não se volta, mas é dele que estão debochando — João Alfredo o constata com um sentimento incômodo, uma espécie de ciúme (sua masculinidade ostensiva jamais admitiria a palavra), seu bar então não é o único lugar onde o Homem das Seis e Meia se tornou conhecido e apelidado.

O homem afinal parece ter encontrado seu caminho. Não dá mais voltas, não toma mais ruas inopinadamente. Segue sempre pela avenida na direção do Centro. O sol está encoberto atrás dos prédios baixos — revendas de máquinas agrícolas, lojas de material de construção e de autopeças, ferragens, todo um comércio pesado e incolor que ocupa a zona norte da cidade —, mas a noite ainda não se instalou em definitivo. É um crepúsculo cinzento e cru, a cor roubada ao escapamento dos ônibus. João Alfredo pensa no bar, na freguesia que estará chegando para a sinuca, em Rudimar sozinho, sendo logrado na contagem das cervejas. Não está mais na sua vizinhança, a massa lenta que os ônibus despejam nas calçadas não inclui rostos conhecidos (o que nas circunstâncias é quase reconfortante), mas ainda pode refazer com facilidade o caminho de volta, chegar ao bar antes que os paus-d'água o tomem.

Não o faz.

Pode estar perto, e o homem daqui a pouco vai entrar em uma daquelas revendas, e amanhã João Alfredo vai afinal desarmar o silêncio dele, o senhor trabalha com amortecedores, não é mesmo?

O terno escuro não entra em prédio algum. Mais adiante, toma uma rua secundária. Os pássaros silenciaram nas árvores, a noite já está fechada. Há poucos e espaçados postes, João Alfredo aproveita a escuridão para diminuir a distância — em nenhum momento do trajeto até ali o homem de terno escuro olhou para trás. Umas poucas pessoas sobem pela rua, carregando pacotes de supermercado, sacolas com frutas ou só cansaço. Um bar joga sua luz mortiça na esquina, e João Alfredo pensa, evita pensar mais uma vez em Rudimar sozinho com os bêbados.

As casas vão ficando progressivamente mais pobres, as ruas mais escuras, João Alfredo não está mais absolutamente seguro do trajeto de volta. Segue o homem sempre, o terno escuro como a noite, e as ruas de tédio tortuoso, conduzindo insidiosamente a nenhum lugar. Mais adiante o calçamento acaba, o chão de terra acumula poças da última chuva, que horas serão, meu Deus, e eu seguindo esse louco, sujeito aprumado em boca braba só pode ser negócio de tóxico. Um fusca velho e vagaroso sobe a lomba, a luz débil dos faróis discerne, no amontoado sombrio dos casebres, portas, janelas, tábuas, remendos com latas de azeite. Mais adiante há um bar, bem mais pobre que o de João Alfredo, um grupo batuca um samba triste e sem compasso, as vozes fanhosas de cachaça. O homem de preto passa sem ser notado. Um ou outro bêbado encara João Alfredo.

O homem toma um atalho entre malocas, por onde corre um fio de água malcheirosa. João Alfredo pára, tenta achar-se, reconhecer direções, descobrir no horizonte algum ponto de referência. Nada.

Sua única chance pode ser segui-lo. Se chegou até ali, saberá sair. Na viela estreita e escura, o terno escuro não é mais visível. Não deve estar longe, pouco mais adiante os cães ladram, é ele que passa. Lomba abaixo, no bar, o samba continua, uma voz destoante se ergue com a imposição do álcool para exigir outro copo. Mas não é para João Alfredo que aquelas vozes cantam.

Me arrisco?

Sim, vai achá-lo novamente, vai perder-se. Ousa um passo largo, o limo fétido da viela rouba seu equilíbrio, cai de joelhos e amparado em uma mão. Ergue-se rápido, esfrega nas tábuas de uma cerca o barro escuro que grudou na palma da mão e prossegue, ansioso e ansiado, a viela íngreme, escorregadia, tenho que achar ele, escorrega de novo, o esgoto, as calças sujas, não posso perder ele, a luz lá em cima a luz.

Emerge em uma rua calçada. Uns trezentos metros adiante, distingue o terno escuro descendo a lomba em seu passo firme e regular. Corre para alcançá-lo. Dali em diante não terá qualquer escrúpulo em ser notado.

Segue pela cidade — escura e ainda assim esplêndida —, entre ruas remotas e avenidas largas, entre vielas com mulheres que o puxam pelo braço e alamedas arborizadas com cercas altas e latidos dos cães de guarda, entre casas e edifícios imersos em silêncio e escuridão, um ou outro noctívago perdido e suspeito assobiando desafinado pela calçada. João Alfredo não faz mais suposições sobre o homem do terno escuro. Mente vazia e obstinada, só volta a lembrar do enteado administrando contas e garrafas pela primeira vez sozinho quando muito mais tarde passam por um bar com a cortina de ferro parcialmente baixada, os últimos bêbados amigos da casa lá dentro para os últimos copos. E mesmo assim João Alfredo estranha quando a luz afinal muda suavemente, e o ar fica mais fino e frio, o céu de uma transparência azulada e pura apagando as estrelas. Amanhece.

Sente pontadas agudas na bexiga. Alivia-se em uma árvore, cuidando para não perder o homem do terno escuro de vista. O cansaço entorpece os músculos e os pensamentos, não entende muito bem de onde vem esta idéia de que falta pouco, de que o pior já passou. Apura o passo, o terno escuro já dobra uma esquina.

João Alfredo reconhece o Centro da cidade, os terminais de ônibus, as filas sonolentas e resignadas, as bancas de frutas e verduras que começam a gritar suas ofertas, e é como se a cena fosse a mesma da tardinha de ontem, apenas a luz nasce em vez de morrer, apenas os ônibus recolhem em vez de largar, apenas o cansaço não é o cansaço do dia de trabalho, é cansaço bem mais antigo, que não se contagia pelo frescor da manhã nem guarda resquício do delírio da noite.

E é o mesmo passo firme e regular, marcado pelo compasso sincrônico do braço esquerdo, o direito suportando a carga vertical da pasta executiva, o mesmo terno escuro que compete a João Alfredo seguir. Tomam o calçadão comercial, uma multidão já se atropela ali, *office boys* com títulos a resgatar, bancários atrasados, pregadores de bíblia na mão, o *hare krishna* oferecendo incenso, os berros contrabandeados dos camelôs, consumidores na observação indolente das vitrines. As pernas pesam, o fluxo das gentes parece correr sempre contra ele, e o terno escuro lá na frente, será que ninguém o pára, será que ele nunca pára, João Alfredo chora, um choro quieto e afogado em soluços, um desespero sereno que ele já viu Rudimar esconder no avental, madrugada alta, quando os bêbados pegam no pé, esse daí ainda não conhece boceta.

São só quinze ou vinte minutos, os mais longos do dia. Logo o outro deriva por ruas mais calmas, João Alfredo o alcança, reencontra reconfortado a escuridão do terno, a não-cor em que tudo se indiferencia — gritos da piazada no pátio da escola, recreio; a voz tímida do sujeito de boné amarfanhado e chinelas de tiras de borracha pedindo a João Alfredo informações que ele não sabe dar; o lençol que cobre o corpo do menino atropelado; o apito do guarda de trânsito; o perfume murcho da banca da florista; os gritos compassados dos alunos do Colégio Militar.

 João Alfredo sequer nota que o caminho já é mais objetivo, quase retilíneo, que sua própria sombra está sempre à frente — é só a sombra do outro que lhe importa. O peso das pernas tornou-se insensível, e também a fome, e a sede, garganta tão seca que é como se fosse rachar o céu da boca, e a areia grossa e ardente que se acumula sob as pálpebras. É a mesma avenida, a revendedora de máquinas agrícolas lá adiante. Pouco, falta pouco. O sino de uma igreja distante bate, não é preciso contar as badaladas, e é tudo muito familiar, a vizinhança, e João Alfredo teme topar com um conhecido, teme que uma voz humana o acorde do torpor, que o pare, tão perto, já divisa a placa, Coca-Cola, Bar do João, apressa o passo, está ao lado dele agora, o desnível da calçada, um único degrau e entram, ele pára, deixa que o outro siga, pela primeira vez olha a cena *do outro lado*, o tamborete, o balcão não parecem os mesmos, mas a voz sim, nem pedido nem ordem, e um ruído, outra voz que se sobrepõe, o garoto que deixa o posto e o pano atrás do balcão, a alegria que se detém a um passo de abraçá-lo, mas onde é que o senhor andava?, a mãe tava preocupada, já foi até no IML, mas João Alfredo não presta atenção, só o que ele enxerga é o tecido negro, o líquido negro, Rudimar, cala a boca e serve o homem, não vê que ele quer café?

Unheimlich

> *Sé que fue casi atroz mientras duró y más aún durante las desveladas noches que lo siguieron. Ello no significa que su relato pueda conmover a un tercero.*
>
> **Jorge Luis Borges**

A covardia perde tudo o que escrevo. Para cada palavra há sempre uma palavra outra, uma palavra maior, mas não ouso, não posso. Por essa razão nunca escrevi a história que Ricardo Lise nos contou, de madrugada, em algum grotão escuro no interior do Paraná, suponho, e à meia-voz para não despertar os outros passageiros. Sempre soube que, se a registrasse, seria apenas isso: um registro, papel amarelado e atulhado em uma pasta ou gaveta. Ou menos que papel, um arquivo eletrônico, História de horror.doc, esquecido no computador junto com uma penca de outros contos ordinários, até o dia em que se fizesse necessário abrir espaço no HD e fossem todos para o limbo, um impulso elétrico imensurável morrendo dentro de um chip *made in Taiwan*. Mas já me vejo obrigado a reincidir nesse vezo rebarbativo de corrigir tudo o que escrevo: as razões não são bem essas — as *verdadeiras* razões não servirão para desculpar minha covardia.

A história — este é precisamente o meu problema — é extraordinária. Os contos que eu mesmo inventei, ou julgo ter inventado, esses eu pude vazar na prosa frouxa que o leitor estará conhecendo se me acompanha ainda neste segundo parágrafo. As qualidades e defeitos da escrita terão seu equivalente simétrico na fabulação. Não se dá o mesmo com a história de Lise. Terei direito de corromper o que não é meu? Talvez as coisas — todas as coisas, qualquer coisa: a história que o colega de faculdade nos conta a caminho do Rio de Janeiro, o caderno de aula com a caricatura do professor e palavrões rascunhados na última página, a caneta-tinteiro que um amigo trouxe da Europa, o chaveiro que lembra uma cidade onde nunca estivemos, a primeira edição de Simões Lopes Neto, o gato vadio e arredio achado na rua — as coisas talvez só se tornem realmente *nossas* quando as corrompemos.

Gostaria de dizer que foram tais escrúpulos que me impediram de transformar a história familiar de Lise em um conto. A verdade, porém, é que eu tentei fazê-lo. Andava envolvido em uma dissertação de Mestrado em Teoria da Literatura, na PUC de Porto Alegre. O tema era Carlos Drummond de Andrade, poeta que não chego realmente a apreciar. Escolhi-o por uma série de circunstâncias que não vem ao caso referir para os fins do presente ensaio. A vida acadêmica não poucas vezes é determinada antes por preguiçosa conveniência do que por legítimo interesse intelectual. Importa apenas enfatizar que o trabalho de redação me aborrecia — e foi neste estado de aborrecimento que tentei escrever o conto, como uma distração, um refresco. Sempre que já não sabia mais como parafrasear a discurseira política de *A Rosa do Povo*, sempre que os maneirismos de *Claro Enigma* me embretavam em um impasse interpretativo, fazia uma pausa para arejar a mente e me punha a recompor a história. Teria sido mais profícuo que eu jogasse paciência no computador.

Episódio de *Halloween* em *Os Simpsons*. Bart e Lisa Simpson estão na casa da árvore, contando histórias de terror um para o outro. Lisa, mais sensível que o irmão, propõe a leitura de *O Corvo*, de Poe. As primeiras estrofes conseguem até cativar a atenção de Bart. Mas então vem aquele passo no qual o protagonista abre a porta de seu quarto pela primeira vez — e não encontra nada lá fora. *Darkness there, and nothing more.* Bart não esconde sua decepção. "Sabe o que seria mais assustador do que *nada*?", pergunta. E é ele mesmo quem responde: "Qualquer coisa!"

Parte das razões de meu fracasso está exposta no desenho animado. A sutileza de Poe não seduz a geração que lota cinemas para assistir à sangueira serial de Jason e Freddy Krueger. A delicada construção de atmosferas, o cálculo estilístico e emocional do poeta, tudo isso ultrapassa em muito o nosso entendimento. Ao final da leitura, a própria Lisa admite que *The Raven* não é particularmente assustador; as pessoas de antigamente, conclui, aterrorizavam-se com muita facilidade. Mas é Bart quem se mostra incapaz de perceber que, para o homem atormentado pela ausência de Lenore, qualquer outra visão (um maníaco psicopata munido de serra elétrica, por exemplo) seria mais consoladora do que o vazio. O leitor contemporâneo — ou, antes, o consumidor de cultura de nossos dias — não suporta mais o que escapa ao imperativo da obviedade. Nada deve permanecer implícito ou vago. Desse episódio de *Os Simpsons*, muito se poderia aprender sobre as razões do divórcio irreversível entre poesia e público depois dos Simbolistas, dos Modernistas — de toda a prole de Poe. Mas isso é assunto para outro ensaio, e para outro ensaísta.

Darkness there... Como é ominoso esse verso! As traduções clássicas de Machado de Assis e Fernando Pessoa — "somente a noite, e nada mais" e "noite, noite e nada mais" — são incapazes de alcançá-lo. "Noite" implica um espaço de tempo delimitado e portanto *menor* do que a escuridão lá fora. Posso imaginá-la abrindo a porta e deparando-se com as trevas, e nada mais. Até aí meu conto foi capaz de se escrever. Mas havia algo mais lá fora. Dificilmente seria um corvo.

Parecerá ao leitor que estive tentando, nos parágrafos anteriores, criar o suspense apropriado para afinal contar a história, um tanto como Poe faz nas estrofes que antecedem a aparição do Corvo. Não era essa a intenção. Tivesse eu talento real para o suspense, meu conto estaria concluído. Neste ensaio, só o que posso oferecer é uma versão sumária e precária do caso: figure o leitor uma mulher, uma senhora na casa dos 40, que mora em uma propriedade rural. Certa noite, ela está sozinha — marido e filhos foram a algum compromisso ou festa na cidade — e ouve alguém bater à porta (*'Tis some visitor... only this and nothing more*), uma batida corriqueira, insuspeita, provavelmente alguma vizinha que vem emprestar açúcar. Mas não, era outra coisa: horas depois, quando marido e filhos retornam, encontram-na desmaiada na soleira da porta.

Ela passará semanas no hospital, em um quase coma, um estado catatônico qualquer. Os médicos atribuem sua condição a algum choque violento. Não há evidências de maus-tratos físicos: a causa, deduz-se, está em algo que ela *viu*. A mulher acabará recuperando a consciência, mas não a tranqüilidade. Restabelecida em casa, não atende mais a porta, nem mesmo durante o dia. Marido e filhos revezam-se para fazer-lhe companhia permanente, pois tem ataques de pânico se a deixam só.

Ela nunca foi capaz de lembrar o que viu naquela noite.

O maior problema reside na *coisa* lá fora. Como nomear o que não tem, não pode ter nome? Arre, a pergunta saiu afetada! Não se deve falar em "inominável". O que a apavorou pode bem ter sido vulgar, banal, o maníaco assassino que Bart Simpson desejaria ver quando o infortunado leitor noturno de Poe abre a porta de seus aposentos. Mesmo que assim seja, a singularidade da história não sai prejudicada. A memória da personagem leva até a porta, nenhum passo além, e aí se encontra todo o poder de sugestão do caso, que pude confirmar em reiteradas ocasiões.

A primeira delas, claro, foi quando Lise nos contou a história. Estávamos em um grupo de dez ou onze, todos alunos de uma infame faculdade de Comunicação Social (*sic*), em Porto Alegre. Havíamos alugado um apartamento em uma ruela desvalorizada de Ipanema (o proprietário imaginava que apenas quatro ou cinco pessoas estariam ocupando o lugar). Deveríamos atender a um congresso de "comunicólogos" na UFRJ, mas isso era apenas pretexto para fazer turismo — que eu lembre, ninguém compareceu ao tal congresso.

Foi no ônibus que nos levou ao Rio. Aliás, não: foi no caminho de volta. Agrupados ao longo do corredor, já havíamos contado outras histórias ditas "de terror" antes, e ainda contaríamos mais uma meia dúzia depois — as luzes apagadas e a escuridão absoluta da estrada criavam o "clima" adequado para essa atividade —, mas somente a história de Lise me ficou na memória.

Eliane — então minha namorada, hoje minha mulher — e eu repetimos esse *causo* para outras audiências, e o resultado sempre foi muito semelhante: a incredulidade inicial é logo suplantada por uma impressão profunda, a suspeita de algo que não se pode definir, mas que com certeza não é bom. Seguem-se então especulações sobre o que afinal a mulher terá visto (não poucas vezes a palavra "mal" foi mencionada, perífrase laica para referir o Diabo que pensávamos ter banido para o mundo folclórico das histórias da Carochinha). O que, perguntávamo-nos sempre, poderia ser tão terrível? Que visão seria essa que a mente só foi capaz de superar pelo esquecimento?

De todos esses exercícios imaginativos, creio que o melhor foi o de Adriano Silva. Também ele foi meu colega na UFRGS, mas não estava na viagem ao Rio. Ouviu a história narrada por mim e Eliane, em outra viagem, bem mais curta, a Arroio do Sal, praia da triste orla gaúcha. Pois Adriano sugeriu que a *coisa* lá fora seria uma pessoa idêntica em tudo à mulher, porém — e retornamos ao velho tema — inexplicavelmente má. O Mal, com maiúscula, encarnado em nossa própria forma, com o rosto que vemos todo dia no espelho. Não será ocioso lembrar Poe novamente: William Wilson.

Parte das especulações sempre esteve reservada para o humor, para as insinuações mais grosseiras e até pornográficas. Subterfúgio, talvez, para contornar aquele incômodo mistério. Lembro, por exemplo, de alguém (provavelmente Emerson Ramos, que estava conosco no ônibus) sugerir que a mulher enxergara Fernando Collor pelado no pátio da casa (estávamos a poucos meses da eleição de 1989, e éramos todos ingênuos eleitores do PT).

A perturbadora qualidade da história, porém, sempre resistiu a essas bobagens. Sua prova de fogo deu-se na noite em que a contamos, em uma mesa do Jardim Elétrico, barzinho barulhento da Cidade Baixa, para uma audiência que incluía

Leonardo Mathias. Pois Leonardo é um virtuose do trocadilho, um humorista compulsivo e um destruidor de clichês (imagino o esgar que não terá feito ao ler aqui a expressão "prova de fogo"). Ele bem que tentou minar a história com suas tiradas sempre certeiras (não as recordo agora, mas sei que eram boas), porém ao final rendeu-se a seu bizarro fascínio.

Então já se passavam anos desde a noite no ônibus. Eu já havia me formado, e já encontrara emprego (Leonardo era meu colega de trabalho, bem como o casal Eduardo Sterzi e Veronica Stigger, nossos companheiros de mesa no Jardim Elétrico); e já estava casado com Eliane, e como ela, que por essa época já abandonara a "Comunicação Social" para estudar Psicologia na UFRGS, eu já havia me cansado de jornalismo e jornalistas, e já buscava compensar a frustração profissional escrevendo histórias nas miseráveis horas de folga — um ano depois, pedi demissão para tentar um mestrado com bolsa do CNPq, e alguns meses mais tarde minha novela *As Horas Podres* encalhou nas livrarias.

Perdi todo contato com Ricardo Lise logo depois da formatura. Soube que estaria trabalhando com design gráfico em São Paulo. Jamais esqueci sua história. Transformei-a em um vago projeto literário. Foi o *meu* subterfúgio para contorná-la.

Também Adriano Silva e Eduardo Sterzi acalentaram o desejo de transformar a história em um conto. Parece-me que Eduardo começou a escrevê-lo, mas foi incapaz de encontrar uma forma que conservasse os meios-tons do medo. A *coisa* lá fora é um problema para a narrativa escrita (a palavra "coisa", aliás, já é bem desastrada). Um escritor excepcional poderia, imagino, armar todo o enredo à perfeição, mas no momento crucial teria de dizer — "Então ela viu *algo*" — e no pronome indefinido o conto rui.

E no entanto nada havia de excepcional no modo como Lise nos relatou o caso. Sequer recordo a sua escolha de palavras (como terá designado a *coisa*?). Por que, então, não somos capazes de produzir o mesmo efeito com a palavra escrita? Talvez pelas caprichosas exigências da forma literária — o conto, ensina Machado de Assis, é "gênero difícil, a despeito de sua aparente facilidade". Ou, mais provavelmente, tenhamos há muito perdido todo o tato, toda a sensibilidade fina para o subentendido. Bart Simpson faz um bom trabalho como nosso representante televisivo.

Lise contava, é verdade, com certas vantagens. A história era-lhe próxima — a mulher em questão era sua tia. Daí ele possuir certa autoridade, ainda que secundária, para dissipar o ceticismo do ouvinte mais incrédulo, autoridade que todos os que o ouviram no ônibus buscariam esticar vicariamente ao recontar o fato para novos amigos. Uma narrativa escrita, porém, precisa recorrer a detalhes que o econômico relato de Lise não forneceu.

A história tem lugar no interior do Rio Grande do Sul, em Erexim. O nome "Erexim" — e sequer sei se a grafia correta é com *x* ou *ch* — evoca-me apenas uma pausa noturna no trajeto que conduzia a Santa Rosa.* Meu irmão morou nesta cidade alguns anos; quando ia visitá-lo, em criança, o ônibus fazia uma parada em Erexim. Não cheguei a divisá-la como cidade; era só um bar junto a um posto de gasolina, com traços hoje difusos, apagados, e em nada distinto de todos os outros bares rodoviários do Rio Grande do Sul: balcão de fórmica ladeado por tamboretes de assento giratório; mostruário de pastéis e empadas gordurosas; o café previamente adoçado servido em copinhos de vidro; lá fora, faróis cruzando de quando em quando o breu absoluto da estrada.

Em Santa Rosa, plantavam-se trigo e soja. Desconheço o que se planta em Erexim (ou cria-se gado?). Não sei que espécie de fazenda seria aquela que forneceu o cenário para a história. E esses detalhes não são supérfluos para a composição ambiental. Sem eles, perde-se, por exemplo, o senso de profundo isolamento da propriedade rural, a impossibilidade de a mulher obter socorro próximo. Sempre que me pus a escrever as cenas preliminares, senti essa falta de *consistência* nos movimentos da personagem. O que estaria ela fazendo àquela hora? (Muito provavelmente assistiria à novela da Globo, o que contribui muito pouco para o suspense...) Em que aposento da casa estaria — e, questão anterior, como se distribuem os aposentos de uma casa rural?

---

*Mesmo essa evocação revelou-se enganosa. O caminho de Porto Alegre a Santa Rosa não passa por Erexim, e a parada noturna que recordo tinha lugar nas proximidades de Soledade. Só fui alertado para o erro quando este ensaio já havia sido publicado em uma revista literária. Um sentimento supersticioso impediu-me de corrigir o texto na presente edição em livro. O engano é revelador — só não sei exatamente do quê.

A inconsistência é mais ou menos negligenciável até o momento em que a mulher ouve baterem à porta. Mas então, no meio da noite, sozinha em casa, que espécie de fantasia apaziguadora (*'Tis some visitor... only this and nothing more*) poderia ela invocar para abrir os ferrolhos e escancarar a porta com tamanha confiança? (A vizinha que vem pedir açúcar, invocada parágrafos atrás, soa-me incongruente com as distâncias que separam as propriedades rurais — além de ser um bruto lugar-comum!)

Poderia a história se passar em outro lugar? No interior de Santa Cruz do Sul, onde uns tios meus tinham terras: sei o que se cultiva lá — o cheiro agressivo e agradável das folhas de fumo a secar no galpão —; lembro bem como se distribuíam os quatro vastos aposentos da casa, mais o banheiro do lado de fora; ainda sou capaz de reconstituir mentalmente o formato, a cor escura do trinco de ferro. Nunca abri aquela porta — era eu a visita —, mas saberia compor de forma precisa a sensação tátil que o trinco produziria na palma da mão — da minha mão —, da mão *dela*, um segundo antes do encontro.

Não considerei seriamente essa alternativa. Aferrei-me, obstinado, a Erexim. Os problemas técnicos da *mise-en-scène* serviram-me de desculpa. Nunca cheguei de fato a enfrentar — como penso que Eduardo e talvez Adriano tenham feito — o problema maior. Abrir a porta, encontrar *algo*, a *coisa*. A covardia perde tudo o que não escrevi.

Ninguém tropeça em *Ulysses*. São quase oitocentas páginas, um dia inteiro na vida das personagens, com pelo menos um protagonista que bebe homericamente (e é derrubado a pauladas na saída de um bordel, mas não *tropeça*), mais centenas de figurantes, vários deles igualmente ou ainda mais embriagados à medida que a ação progride do dia para a noite. E ninguém tropeça. Não é de se acreditar que o calçamento de Dublin em 1904 fosse tão regular.

Não estou acusando uma falha. Tomo este exemplo porque James Joyce deu uma desmesurada atenção à menor das insignificâncias e à mais sórdida das baixezas. E, ainda assim, *Ulysses* não é um relato *total*. Não pode, e na verdade nem precisa sê-lo: pois é concebível que Leopold Bloom tropece em suas andanças por Dublin, mesmo quando o romance não dá essa informação. O ficcionista habilidoso faz a personagem respirar sem *dizer* que ela respira. As trivialidades que não se revelam funcionais para a narrativa devem ser excluídas desta e deixadas a cargo do bom senso do leitor. Nelson Rodrigues reclamava da ausência de escarradeiras nos romances de Machado de Assis — mas essa crítica é uma deliberada boçalidade.

A história original incluía o seu tanto de insignificante contingência. Poucos dias depois de ter tido alta do hospital, a mulher recebeu um telefonema anônimo. "Sabe o que tu viu na outra noite?", perguntou uma voz abafada. "Pois é. *Aquilo* pode voltar." E desligou. A pobre senhora teve outra crise nervosa.

Tenho para mim que os dois eventos — a *coisa* e o telefonema — não têm relação direta entre si. O telefonema foi provavelmente obra de um espírito de porco que soube do acontecido (casos fantásticos em cidades pequenas só perdem em velocidade para escândalos sexuais) e decidiu divertir-se com um trote de mau gosto. Mesmo que a ameaça fosse procedente, porém, teria pouca serventia para a ficção que um dia desejei escrever. Incluir o telefonema seria capitular ao imperativo da obviedade — pois a estranheza do conto está em sua ameaça implícita. Tudo o que esquecemos pode um dia, sem aviso, ser lembrado. O que a mulher viu pode sempre voltar.

Ao final do conto, tal como o planejei, a mulher viveria permanentemente enclausurada, receosa de sair à rua e topar com um cão malhado e magro, com uma inscrição feita a canivete no tronco da paineira, com um moirão carcomido da cerca — qualquer criatura ou objeto caseiro e até mesquinho, qualquer evento desprezível e passageiro que guardasse a capacidade de repor em andamento os mecanismos emperrados da memória —, a estranha capacidade de fazê-la relembrar.

(Em tempo: meu próprio esquecimento não deve ser subestimado. Talvez alguém tropece em *Ulysses*. Não li o livro com toda essa atenção.)

Não escrevi o conto. O presente ensaio terá bastado para expor minhas razões, mas jamais para desculpá-las. Tudo se resume ao primeiro substantivo do texto, o qual deve bastar-se por si mesmo e talvez até possa dispensar toda a prolixa argumentação que se segue. É muito difícil não escorregar para a autocondescendência em um ensaio com um título em uma língua que não domino, retirado da obra de um autor que não li, e rico em simpáticas referências pessoais, incluindo aí um seleto elenco de amigos queridos.

Restaria talvez acrescentar que a história de Lise por muito tempo me assombrou, e assombra ainda. Vive em mim: às vezes, no meio de uma aula tediosa, de uma festa aborrecida, ou durante um dia de trabalho especialmente exaustivo no jornal, meu olhar se botava à procura de uma porta, e minha fantasia esperava que ela se abrisse, e que entrasse o. Que possamos *desejar* vê-lo, terrível como deve ser, dá a medida da mediocridade de nossa existência.

Sobretudo, lembro da história de Lise sempre que tomo um ônibus à noite. Depois daquela viagem, só voltei ao Rio de avião. Porém, ainda que o efeito de estranheza funcione mal em coletivos urbanos — a iluminação pública atrapalha —, não deixo de pensar nela, em sua mão ossuda de veias azuis (assim eu a descrevi em uma das tentativas de conto, com esse ranço de gótico *déjà-vu*) pousada sobre o trinco, um minuto, um segundo antes.

Nunca mais foi como naquela noite, em algum ponto a meio caminho entre Rio de Janeiro e Porto Alegre, o ônibus cercado de formas sombrias, colinas, rochas, casas com apenas uma lâmpada fraca acesa na varanda. Os faróis iluminam só alguns metros de asfalto — quem sabe o que se esconde adiante? Algo terrível, talvez. Ou uma mariposa que virá se espatifar contra o pára-brisa.

St. Mejoroni

The mockery of it...

James Joyce

Duas cegas na parada contrariando o Evangelho. Braços dados, esbarrando nos postes, rindo da confusão, as bengalinhas brancas escrutinando a calçada, tap, tap, tap.

(Se chama bengala, aquilo? Um cabo retrátil, mais parece uma antena de rádio.)

A cega que vai à direita, mais hábil no uso da extensão artificial, tenta se impor como guia. A outra se faz de teimosa, puxa para o lado oposto. Pisam numa poça d'água, riem muito. Não ririam no abismo do Evangelho.

Riso privado, *especial*, de uma pra outra.

(Vídeo pornô: *Onde as Garotas Suam*. Academia de ginástica, pesos, aparelhos, vibradores duplos. Sempre uma loira e uma morena, a loira sempre mais tetuda.)

Conversam com um rapaz. Se explicam muito, ele responde acenando com a cabeça... Querem que avise quando chegar o ônibus certo, presumo. Pudessem ver a cara de boçal dele, pediriam auxílio a outro. Ainda bem que não podem: somos só nós quatro na parada.

Idiotice minha: pudessem ver, não pediriam ajuda. Ou talvez sim. Têm cara de quem sempre esteve, sempre estará pedindo ajuda.

Feias, muito feias, não lembram em nada o vídeo. A roupa desalinhada de quem não tem espelho. A guia é gorda, a cara furada de acne, cabelo oleoso. A outra é negra.

Tudo se resume a comprar um carro. Deixo pra trás a fauna triste que pega ônibus. Em um dia como hoje, estarei passando rente à calçada, erguendo cortinas de água da sarjeta.

A chuva faz tudo pior, sempre uma velha idiota de pé no corredor do ônibus com a sombrinha pingando na minha cabeça. E os adolescentes sem consideração que não cedem lugar aos mais velhos.

(Aquele ali na frente foi meu aluno. Fazemos de conta que não notamos um ao outro.)

Janelas de ônibus nunca estão cem por cento limpas. Não é tanto o barro ou a fuligem da rua: é o lado de dentro, a oleosidade natural das pessoas. Sujeito do meu lado dormindo com a testa encostada no vidro. O ônibus freia brusco, arranca de novo, a cabeça do pobre-diabo gira nos gonzos frouxos do pescoço — e bate em seco na janela. Não acorda. Um morto ao meu lado e eu não saberia.

Saberia, sim. O corpo estaria rijo.

A papelada interminável do financiamento. Porcaria de um Fiat de segunda mão. Fiador, preciso de um fiador. O proprietário do apartamento, talvez. Parece que gosta de mim. Pago em dia, direto com ele, sem imobiliária.

Não, não dá. Vai criar uma situação embaraçosa, proprietário e fiador.

Vou falar com o Irmão.

Só mais um minuto, diz o torturador, e dói ainda mais fundo. Coisas pequenas nunca me aborreceram assim quando dava aula em escolas públicas e não tinha perspectiva de comprar carro.

Senhora na minha frente atravancando o corredor com sacolas de supermercado. Minha vizinha, decerto: vai descer na mesma parada, já puxou a corda. Por que não desce, por que ainda está parada na porta?

Muito obrigada, moço, diz ao motorista, que não responde.

Obrigada por que, meu Deus?

Paro debaixo do abrigo, para abrir o guarda-chuva emperrado. Ela se afasta, sombrinha equilibrada no ombro, sacolas nas duas mãos, o passo curto mas apressado das donas de casa atarefadas. Quase oito horas — quando será que jantam na casa dela?

Não havia motivo para irritação: o agradecimento terá me custado só mais uns poucos segundos dentro do ônibus.

Quinze anos lecionando e nunca aluno algum me agradeceu. O senhor me salvou da estupidez absoluta, obrigado. Mas, claro, conduzir um motor a diesel é muito mais difícil e delicado.

Nunca havia sentido falta disso antes. Coisa mais tola. Preciso do carro. Logo.

Olha, meu filho, eu assinaria, sem nenhum problema, com prazer. Mas eu sou um homem religioso. Não tenho posses, não tenho crédito. Eles não vão me aceitar como fiador.

Ah, claro, o colégio que o senhor dirige é uma grande entidade filantrópica, os meninos para quem eu dou aula são todos órfãos, ficariam desassistidos não fosse por sua abnegação de mártir.

Vou ter que pedir a uns primos que não vejo há anos. Visitá-los, sair para jantar, lembrar histórias de infância. Que maçada.

Não teriam por que me agradecer, tampouco. Se eu desse hoje as aulas que costumava dar nas escolas públicas, seria demitido, na certa.

Chegou a um ponto em que até *O Alienista* era demais. Dava um mês para a leitura e na aula marcada só as meninas da fileira da frente tinham passado por todo o texto. Optei por um conto menor, *Último Capítulo*; obrigava-os a ler em aula mesmo.

É uma carta de suicídio, não é? E por que o personagem vai se matar?

Respostas convencionais: era azarado (professor, o que é caipora?), caía de costas e quebrava o nariz, não fazia dinheiro, o filho nasceu morto, a mulher lhe pôs guampa etc. etc.

Ele não é mais azarado que qualquer um aqui, provoquei. Ou vocês acham que a vida vai ser muito mais que isso?

(Cair de costas, quebrar o nariz.)

Se vocês tivessem a inteligência, ou a ambição do personagem, quem diz que também não iam enfiar uma bala na testa?

E o senhor?, perguntou o rapaz de boné no fundo da sala. Por que não se mata duma vez?

Se eu fosse um professor criterioso, ele teria sido o único a passar de ano.

Papelada, taxas, impostos, formulários, assinaturas. Seria menos aborrecido se o vendedor não quisesse se fazer simpático, amigável. O cinismo de seu sorriso pede uma bofetada, que eu não tenho a força, nem a decência de dar.

Que nome interessante o senhor tem. Bem incomum. Francês ou italiano?

Grego, menti. O nome é grego.

Tudo se resume ao carro. Nada vale nada. Nenhuma preocupação deste ano letivo, nenhum problema social ou moral, nem a tolice dos meus alunos, nem os ressentimentos de meus colegas docentes, miséria ou luta de classes, fofocas do showbiz e de Brasília, nada vale, para mim, um Fiat usado.

Preciso comprar sapatos novos.

Gigolo ivre

— Se eu te acho bonita? Minha filha, tu é, assim, uma Vênus de Rimbaud.
— Do Rambo?
— Ah, meu saco. Não é *rambo*, é *rambô*. Tônica na última sílaba.
— Quem é esse cara?
— Um pintor francês. Só pintava mulher na banheira. Agora te manda, tá? Hoje não vai dar nada.

Foi pro balcão, dar trela proutro otário, o tipo de espáduas colossais de costas pra mesa que Leandro ocupava sozinho. "Espáduas de costas" não funciona, é como se o tipo estivesse de costas duas vezes, o que resulta em estar de frente. Dura, essa profissão de estilista, vá alguém alinhavar uma frase depois do sexto uísque, e Leandro já bem pra lá dessa hipotética meia dúzia.

Hoje não. Havia dito duas vezes: "hoje não". E a putinha insistindo. "O gatinho não me acha bonita?" Esse dengue fingido só pode servir pra pecuarista em visita a Porto Alegre pensar que ela é carioca. (Ainda existiriam esses pecuaristas pândegos que fodiam polaca por francesa? Que perdiam somas épicas com cavalos lentos e mulheres ligeiras? Se Leandro forçasse os olhos na escuridão climatérica da boate, só ia descobrir pés-rapados como ele próprio. E também ia ver a putinha de há pouco apontando para ele, e o tipo das espáduas bestiais se voltando devagar no tamborete do bar, uma pose estudada de pistoleiro de faroeste italiano. Mas Leandro estava de nariz enfiado no copo, o último gole de Natu aguando com o gelo derretido.)

Levantou o copo vazio e ensaiou mentalmente um desagravo, um discurso silencioso para o companheiro imaginário na cadeira ao lado (o mais patético no pau-d'água é a solidão. A solidão e o cigarro torto, babado). Então ele que pagava e ainda tinha que ficar de loas e rapapés pra beleza duvidosa da outra? Queria mais uma puta direta, objetiva, pra comer a palo seco. "É quanto? Fechado. Abre as pernas." Bimba, bimba, bimba, e deu pros cocos. O ornamento retórico, a chave de ouro parnasiana são exclusividades da mulher de família. Dura essa profissão etc.

(De mais a mais, o "hoje não" era definitivo e terminal. O meio das pernas era uma região quase tão embotada e estulta quanto o acima do pescoço depois do décimo segundo uísque, e Leandro já ultrapassara de longe esta dúzia convencional. A essa condição tão humilhante para o macho latino, ele apelidava charmosamente de *spleen*. Ninguém me ama, ninguém me quer, ninguém me chama de bodler.)

— Garçom, a conta.

Do lado de fora do inferninho, o cigarro apagado no canto do beiço mole, procurava um táxi na rua vadia, ainda amassando trocados no bolso da calça, quando a voz o interpelou:

— Ô distinto!

Voltou-se. Era o tipo de espáduas taurinas. Tinha bigodes, uma barba mal-aparada, tufos de pêlo simiescos saindo da camisa aberta. Mascava um palito.

— Sim?

— Vam'levá um lero, aqui, distinto — pôs a mão no ombro de Leandro. Podia moer cascalho na palma da mão, mas era um toque quase amistoso, nada que pudesse alarmar um boêmio amolecido por uísque nacional. — Tô sabendo que tu não quis ir com a Deo.

— A Deo?

— O nome é Deoclécia. E é minha menina.

— Ah. Sei.

— Pois é. Sabe. Então só o que eu quero te dizer... O que eu quero te *avisar* é o seguinte: tá tudo bem, não tem dinheiro, diz prela que não vai dar. Se conversar direitinho, pó até levá fiado. Tô sentindo que depois dessa conversa o distinto e eu vamos ficar amigos, não é, não?

— Com certeza!

— Pois olha: só o que eu não admito é que façam pouco das minhas meninas. A Deo chegou faz pouco de Cacequi, é guria simplória, tá começando. Não tem por que humilhar a coitadinha.

Mas o que era aquilo? Baixou uma súbita delicadeza na sarjeta? Leandro demorou pra se recompor, quase babava quando afinal fechou a expressão boquiaberta. O cigarro torto de bêbado caiu ao chão.

— O distinto entendeu qual é o drama?

— Eu? Bom... Mas é claro. Eu... Olha, deve ter sido é um mal-entendido. Tenho certeza que não era pra tanto. Não humilhei ninguém, não.

— Ah, é? — o tipo mudou o palito de um para o outro canto da boca.

— É isso. Se houve um mal-entendido, bom, eu peço desculpas. Sinceramente. E ficamos por isso, não é mesmo?

A manopla apertou o ombro como um torno. Com a mão livre, o tipo fez um sinal para a rua, para alguém às costas de Leandro.

— E o distinto nega que chamou a minha menina de Vênus de rambô?

— Pois então? Era um elogio — Leandro vislumbrou pelo rabo do olho os faróis de um carro que se aproximava lentamente.

— O distinto tá gozando da minha cara.

— De maneira nenhuma. Olha, Vênus era uma deusa. Linda, linda, um estouro. Pros antigos romanos, era a deusa da beleza.

A mão livre produziu do nada uma arma. Encostou no queixo de Leandro.

— O distinto não entendeu nada do que eu disse, não? Não admito que gozem da minha cara!

— Não é gozação, juro! Olha, eu posso mostrar pro senhor, na *Barsa*. É uma enciclopédia, um livro muito bom. Vênus era... Ai, meu Deus.

O carro, um Opala preto, quatro portas, parara em frente à boate. Como quem roda um pião, o tipo virou Leandro de frente para o veículo e o empurrou para o banco de trás. Leandro já não era mais o "distinto":

— Entra aí, vagabundo!

O tipo esfregou a cara de Leandro contra o banco. O estofamento cheirava a pó e suor dormido, mas o hálito quente de cerveja que lhe bafejava a nuca era mais forte que tudo:

— Vam'vê agora quem é que tem úlcera no cu!

O carro partiu.

Deus em Porto Alegre

d'après Sérgio Sant'Anna

A *thing of beauty*, pensa o Jornalista, e esses pensamentos profundos mal completam o verso quando à superfície brota uma palavra bem mais prosaica, feia mesmo: "esquistossomose". Seus tênis chapinham nas águas de outubro, bueiro entupido, de calçada a calçada a esquina toda inundada. Chove ainda. Talvez o concerto seja cancelado, o concerto que lembrou ao Jornalista o verso famoso.

O Jornalista não quer, não admite. "O *meu* Concerto sai", pensa. O dilúvio improvisado que já toca a barra da sua calça está ali para punir o pecado da Soberba. Pois o Concerto só é *dele* por delegação de uma autoridade profana — o Editor. O Crítico titular ligou: torceu o tornozelo jogando bola, inchaço de melancia, não pode ir ao show. (Um colega gozador pegou a deixa: "O Crítico de Música é doente do pé.") O Editor mordeu o bocal do telefone, pra ver se apertava a orelha dissonante do outro lado da linha. Para quem já se arrastou até a redação uma hora depois de um transplante de fígado, nem perna quebrada seria motivo para faltar ao trabalho. Olhou em volta, lembrou-se do Jornalista. "Vai no show amanhã? Então faz a crítica!"

A água já chega aos joelhos. O Jornalista sabe que seus colegas espiam lá de cima, das janelas da redação, torcendo para que ele seja apanhado em um redemoinho e engolido por uma boca-de-lobo. Pois ele ganhou o filé com nata da editoria. O fino da bossa. O Concerto: meu, só meu. É só parar de chover.

Já está quase passando a água mais funda. Frio nos pés. Tenta se distrair, cantarola baixinho — "quem é você que não sabe o que diz?". No fundo do beco, onde estacionou o carro, a água é só um lençol raso, fazendo ondinhas em volta dos pneus. Agora é andar devagar, bem de mansinho, senão o motor apaga. O carro desliza, flutua na ruela inundada. Súbito desejo de evasão, a vontade de deixar a cidade, o jornal, a vida para trás. Ilhas do sul? Mas aqui *é* sul. Chove em Porto Alegre.

Sim, bom, o verso vem a calhar. Ainda nem assistiu ao show — e se cancelarem? — e já tem o início do texto, o *lead*: "Já dizia outro João, o Keats..."

(Será mesmo João, John? Se alguém lhe disser com suficiente convicção que ele está errado, o Jornalista vai engolir — sim, claro, como é que eu fui me enganar assim: é do Shelley! —, e se outro alguém ainda mais impertinente lhe perguntar de que poema é o verso, ele vai engasgar, disfarçar, mudar de assunto, pois seus três semestres de inglês não dão pra leitura tão fina, e o Jornalista só conhece o *thing of beauty* porque topou com a citação no *Mais!*, lá pelo meio de um artigo tão comprido que ele se esqueceu de ler até o fim.)

1955. Ainda não era Deus, ou já era e ninguém sabia, nem mesmo ele. Tento imaginá-lo então, com um bigode fino, mais cabelo, mais voz (ainda tentava imitar Orlando Silva), menos arte. Mas é difícil compô-lo antes de Chega de Saudade. *Inconcebível que a perfeição não tenha sido sempre perfeita.*

Porto Alegre seria mais fácil, porém menos interessante de reconstituir. Clube da Chave, onde ele se apresentou algumas vezes. Auditório da Rádio Gaúcha, no Edifício União. Terá decerto jantado no Treviso, aberto toda a noite no Mercado Público. Ouvia discos em uma loja na esquina da Rua da Praia com a Uruguai. Morou no Hotel Majestic. Saía pouco.

1996. Outro hotel, nem sei qual. Saiu só uma vez — para o Concerto. O jornal dizia seu nome em vão. Teria recordado aqueles dias em que o jornal, o hotel, a cidade eram outros? Será que ele mesmo pode lembrar esse passado imperfeito, em que ainda não tinha, não era o violão, a batida, a bossa?

Eu o imagino sentado na cama, o colchão duro (ortopédico, conforme suas exigências), o violão no colo, sussurrando uma canção. Ao fim da música, ergue-se, pela janela vê um raio de sol que se espreme entre o hotel e o edifício vizinho para incidir, do outro lado da rua, sobre a parede descascada de um prédio velho. E repete em pensamento o que já descobriu em 1955: "A luz é bonita, mas a cidade é feia."

> Let us honour if we can
> The vertical man.
> Though we value none
> But the horizontal one.
>
> W. H. Auden

Alguma coisa apodrece no seu coração, só quando cruza a Ipiranga. O porteiro exige que o Jornalista coloque o crachá. Nome, foto, cargo pesam no seu pescoço. No elevador, sente a espinha se curvar, e já desce corcunda no último andar. ("Somos todos penas de aluguel", costuma dizer o Jornalista Gozador. "À venda por preços quasimódicos!")

O Jornalista entra na redação. Agitação de outros corcundas, anões intelectuais, aleijões morais, vampiros anêmicos, vermes bípedes. Um colega vem cumprimentá-lo, dá-lhe um tapinha nas costas — e aproveita para lhe cravar o punhal na corcunda, como um picador espeta a lança nas costas do touro. O Jornalista nem se importa. Já não sabe mais sofrer.

Outra visão tauromáquica: as guampas colossais plantadas na calva suarenta do Editor (os subordinados fingem não notar). Passeia entre as mesas, berrando e batendo com o indicador no relógio de pulso, o ritmo neurastênico com que se faz um jornal. Inclina-se sobre o ombro dos repórteres para ler o que vai sendo escrito na tela do computador. Quase nunca sai satisfeito. Bim-bom, bim-bom, bim-bim: distribui cascudos e tapas na orelha como um mestre-escola machadiano. Dia ainda úmido, resto de inverno, está na cara que o Editor tomou conhaque. Para inflamar o ânimo: quem não tem espírito precisa roubá-lo ao álcool.

O Jornalista busca sua mesa, discreto. A redação está imersa em um rumor nervoso, uma falação sussurrada e venenosa. Mudança na alta chefia. Há uma semana, o Diretor de Redação reuniu todos os editores para anunciar oficialmente o que os boatos já informavam: "Esta terra é muito boa, mas não posso ficar. Sampa mandou me chamar." E agora o Editor é uma criatura monstruosamente dividida. Aproveitou o fechamento de metade do seu caderno para tomar duas doses de uísque. Nacional, daí a sua atitude tão subserviente. Não sabe se adula quem parte ou quem fica. O Diretor de Redação grita, de dentro de sua sala, o nome do Editor, que presto sai sobre as quatro patas, como uma zebra absurda que corresse em direção aos leões. A meio caminho, a secretária do Editor-Chefe (a ser promovido a Diretor de Redação tão logo o demissionário ponha o pé no avião) informa que ele também deseja falar com o Editor — que assim se perde entre as duas salas, girando como um cachorro atrás do próprio rabo, e mastigando o carpete como um rato que... (o autor subitamente descobre que se esgotaram as analogias zoológicas).

O Jornalista — todos ao redor são jornalistas, naturalmente, mas só o protagonista de nossa história merece ser assim chamado, com artigo definido e sem adjetivo — não está preocupado com as mudanças. Até ontem se importava. Hoje, só pensa no Concerto. Na mesa ao lado, conversam o Jornalista Gozador e o Jornalista Bonachão. Discutem detalhes discográficos, prelibando gulosos o show da noite. Renovam as narrativas, apócrifas ou não, de feitos da Divindade. Os longos telefonemas para amigos; o concerto que não aconteceu no Canecão; o gato que pulou da janela depois de uma semana ouvindo-o ensaiar a mesma música; seus passeios de carro na madrugada, guiado pelo ouvido sobrenatural que detecta automóveis nas vias paralelas e assim rende inúteis semáforos e placas de "pare".

Os dois colegas puxam conversa com o Jornalista. Então é ele que vai escrever a crítica do Concerto? "Pois é", responde nosso herói, evasivo. Os outros dois olham com um misto de inveja e incompreensão. Ninguém entende os critérios com que o Editor, cabeça de papel, atribui tarefas aos subordinados. Decerto bebeu daquele absinto que um amigo lhe trouxe de Praga. O Jornalista só ganhou o privilégio de escrever sobre o Concerto porque se vangloriava de ter todos os discos dEle — lorota desmentida de pronto, quando o Jornalista Bonachão falou em Stan Getz e o Jornalista engasgou: "Pois é, esse tá faltando..."

(Foi há quase um mês. Horário eleitoral gratuito na televisão, o Partido disputando seu terceiro mandato na prefeitura de Porto Alegre. O prefeito ocupou o vídeo com uma mensagem de apoio a seu vice, candidato favorito nas pesquisas. Os editores cercavam a tevê próxima à mesa do Jornalista. Alguém tentou uma graça: "É a Raposa dando apoio ao Cachorrão!" Todos riram. Ser contra o Partido pega bem entre os editores. O Jornalista nem queria saber de política. Só ergueu as orelhas quando fizeram propaganda da reinauguração do Araújo Vianna, no Parque da Redenção, e anunciaram que Ele desceria em Porto Alegre para fazer o primeiro show sob a nova cobertura de lona do auditório reformado — e com ingressos gratuitos, oba-lá-lá! "Essa eu não perco! Tenho todos os discos desse cara." O Editor ouviu, registrou. Ali por perto, o Jornalista Bonachão torcia a cara para aqueles modos heréticos. Onde já se ouviu falar assim — *esse cara*. Decidiu desmascarar o colega, perguntar sobre seus discos preferidos. Mas o Editor não ouviu a conversa. Andava avoado naquele dia. Champanha em reunião-almoço com o Secretário da Cultura.)

O Jornalista faz de conta que trabalha, mas está ouvindo o papo de dois editores ali por perto. Gente que fala, fala e não diz nada. Discutem o Concerto. Um deles diz que é demagogia, só rico se interessa por música *desse tipo*. O outro diz que não: a promoção é democrata na batata, dá ao povão a oportunidade de ver um pouco de *arte*. O Editor tenta participar da conversa. Duas doses de escocês doze anos recuperaram sua dignidade. Quer exibir toda a força de seu caráter recém-restaurado. Acaba engasgando no meio da argumentação. Batem nas suas costas, ele tosse. Um pedacinho do seu fígado vai grudar-se no monitor do Jornalista.

O Jornalista limpa a tela com um lenço de papel e volta às tarefas do dia. Seleciona, revisa, edita matérias que chegam das agências de notícias. Quando ergue os olhos do terminal, o janelão à sua frente descortina um céu cinzento e monótono (mas parou de chover: não vão cancelar), o horizonte recortado por uma linha irregular de prédios atarracados e escuros. O desejo de evasão reaparece, pungente e melancólico. Festa do sol — onde?

Aproxima-se da janela. No lado oposto da avenida, a esquina do beco onde ele costuma estacionar está suja de barro, galhos de árvore, sacos de lixo, detritos da inundação de ontem. Mais próximo, dividindo a avenida Ipiranga, o Arroio Dilúvio desliza grosso e plúmbeo por seu leito artificial. Pesado, vagaroso, um boi morto é arrastado pela correnteza. Vai encalhar seu inchaço mefítico sob a ponte. Moleques fazem festa em volta, cutucam o corpo imenso com pedaços de pau. Felicidade do pobre.

Da janela vê-se o arroio
e seu fedor,
que imundo.

É o Jornalista Gozador. Cantarola a melodia de *Corcovado*. A risada sacode a barriga do Jornalista Bonachão. O Jornalista objeta que não dá para *ver* o fedor. Preciosismo inútil. Ruim da cabeça.

O Editor manda que parem com a bagunça, que voltem ao trabalho. "Muito riso, pouco siso", diz. E também: "O trabalho dignifica o homem." E ainda, arriscando uma previsão sobre a instabilidade meteorológica que ameaça o Concerto: "Depois da tempestade, vem a bonança." E mais uma dúzia de frases no cordial espírito do Conselheiro Acácio. Sempre toma uns goles de vinho do Porto antes de escrever seus textos. Anda cogitado para redigir os editoriais.

    O Jornalista lembra que ainda nem olhou o jornal do dia. Retira-se para ler com mais sossego no bar da redação. O Concerto não ganhou espaço na capa. Desbancado por uma arquibancada que desabou em um estádio da Guatemala. O que são, pergunta-se o Jornalista, uma dúzia de torcedores mortos, outra centena de feridos — diante do Concerto? Mesmos tristes velhos fatos.

    Na primeira página do caderno de variedades, matéria do Jornalista Bonachão anuncia o show. O título: *Deus em Porto Alegre*. "Teria sido perfeito para a minha crítica", pensa o Jornalista.

> *Thank you for spending a lot of money on tickets to see PopMart.*
>
> **Bono Vox, do U2, no Morumbi**

    Quando Alcides K. desperta de seus sonhos tranqüilos, vê-se transformado no maior cambista do mundo. Antecipou-se em vinte minutos ao despertador (tinha medo de que a mulher o desligasse). Liga o rádio, o pagode bem alto para acordar a casa toda — mulher, três filhos, sogra. "Madrugada já rompeu", pensa, espiando a noite pela basculante do banheiro.

Os filhos arrastam-se pelo corredor estreito, fazem fila, estremunhados, na porta do banheiro onde Alcides K. mija copiosamente. A mulher desliga o rádio e manda as crianças de volta para a cama. Alcides K. sai do banheiro, a calça do pijama mal abotoada, para dar a contra-ordem: todos vestidos, já! A mulher grita mais alto, Alcides K. gruda-lhe uma bofetada. A sogra diz que não admite ver a filha tratada assim. "O amor tem dessas fases más", explica Alcides K.

Não tem ônibus a esta hora da madrugada. A Kombi vai afinal deixar o puxadinho ao lado da casa. Há mais de ano à venda, e nada de comprador. A porta do passageiro só fecha amarrada com um pedaço de fio elétrico. Custa a dar partida. Alcides K. empurra, a mulher no volante. O motor pega — e lá se vão, para a Redenção. Estacionam na Oswaldo Aranha, vazia ainda, o asfalto molhado brilhante sob os postes de luz. Parou de chover, o vento balança as palmeiras que se alinham ao longo do corredor de ônibus. Coqueiros que não dão coco. O filho mais novo reclama do frio, choraminga, não quer sair da Kombi. Alcides K. ergue a mão: o guri se mexe. "No fundo é bom rapaz", diz, conciliador, afagando a cabeça do menino.

A sogra atrasa o grupo. Só consegue se locomover com o andador. O caminho pavimentado que conduz da rua até o auditório Araújo Vianna tem degraus — são obrigados a contorná-lo, andando pelo meio do parque. Uma depressão escondida no gramado desequilibra o andador, a sogra vai ao chão.

Alcides K. ergue a velha. Manda que ela se apresse: "O pessoal está cansado de esperar."

Já tem umas trinta pessoas esperando quando Alcides K. e sua família chegam à bilheteria do auditório. Logo à frente, na fila, um grupo de jovens canta "a gente não quer só comida". Alcides K. fica achando que faz parte do repertório do show. Uma cuia comunitária corre o chimarrão pela fila toda. Alcides K. bebe, se aquece, faz cálculos. Ingressos gratuitos, dois por pessoa, dizia no jornal. Doze ingressos, a cinqüenta cada — seiscentos reais! O sujeito atrás deles na fila puxa conversa, diz que *Ele* não faz show em Porto Alegre desde 1962. As cifras crescem, dobram na imaginação de Alcides K. Os passarinhos já se agitam nas árvores do parque, a luz começa a se insinuar por trás do cinza uniforme das nuvens. "Manhã, tão bonita manhã", diz Alcides K., e a mulher estranha a veia poética do marido.

Às sete horas, a bilheteria começa a distribuição de ingressos. A fila anda rápido, Alcides K. carrega a sogra no colo. O bilheteiro só complica com o menor dos meninos: muito pequeno para ganhar ingresso. Alcides K. defende o direito do filho, discute, atrasa a fila. Sacode o dedo na cara do bilheteiro: "Você tem que dar, tem que dar."

Antes das oito já estão retornando para a Kombi. "Negócio bem bolado!", diz Alcides K., doze ingressos na mão e a mulher debaixo do braço. "Direitinho pra nós dois!"

Não haveria raio de sol incidindo do outro lado da rua. Céu nublado, chuvisco esporádico, um dia inteiro de especulações — o show sai, não sai, sai, não sai.

E a melancolia que não sai de mim — a melancolia imagina outra cena. Contra seu costume, Ele deixa o hotel. Vai passear pelas calçadas úmidas do Centro, reencontrar quem sabe a cidade que conheceu em 1955. Saberia andar em Porto Alegre, andar como um porto-alegrense? É preciso colar os olhos no calçamento, no asfalto e no tédio. Toda altura deprime: passando o térreo comercial, descobrem-se velhos casarões, deteriorados, cariados, um inço verde e valente explodindo de frinchas no reboco. A velha confeitaria com portas de ferro cerradas. Atlas representado na fachada, o mundo nos ombros pesa como a ignorância da adolescência. Mais adiante, noutra esquina, sobraram só as paredes externas, janelas vazadas pela luz (mas a cidade é feia). Fizeram um estacionamento dessa tapera.

Devíamos pedir-Lhe desculpas pela cidade. Fosse trabalho de canhões, de fortalezas voadoras, e teríamos reconstruído. Seriam esses escombros a evidência da infâmia, e sufocaríamos seu eco com tijolo e cal. Mas a guerra passa ao largo da fiel e valerosa. Os prédios foram destruídos pelo esquecimento, longo, lento, corrosivo esquecimento. Não guardam sequer o charme decadentista da ruína. Não há ruínas em Porto Alegre.

Aliás, há, sim, apenas uma. Ele talvez a descubra, se enveredar pela Rua da Praia, a caminho do pouso antigo. O velho Hotel Majestic. Uma ruína pintada de rosa.

Será a presença dEle na cidade: o Jornalista Bonachão e o Jornalista Gozador estão iluminados, transfigurados. Um halo de beleza iridescente circunda a figura obesa do primeiro e a pouca estatura do segundo. Bons Apóstolos, línguas de fogo sobre a cabeça. Falam um idioma novo, luminoso, desconhecido em Porto Alegre. O Jornalista Bonachão começou pelo mais fácil:

— Olha que coisa mais linda!

Era a Repórter de Moda que passava, com sua minissaia ensolarada, pelo bar da redação. O Jornalista Gozador retrucou:

— Coisa mais bonita é você!

E o Bonachão, comentando o *bustier* generoso da moça:

— Justinho você!

O Jornalista é ainda um incréu, um gentio, um pagão. Deseja se converter, aprender aquele idioma solar, aquelas palavras leves, de vogais voadoras. Mas sua escuridão é impermeável a tanta luminosidade sonora. Bebe seu cafezinho junto com os amigos, de pé no balcão — mas em silêncio. Seus colegas vão se sofisticando:

— Mais bonita que a flor.

— A natureza em forma de mulher.

Era a Diagramadora que passava (a ex do Editor).

— Presente de Natal!

— Embrulhadinha num papel monumental!

O Jornalista Bonachão bebe leite achocolatado em caixinha. Faz barulho com o canudo. O Gozador come uma barra de cereais. O Jornalista tenta mudar de assunto: reclama que o bar não vende álcool (ninguém conhece o armário secreto onde o Editor esconde suas garrafas sem fim nem fundo).

Normalmente, os outros dois concordariam. Mas hoje é um dia sagrado. Estão acima dessas preocupações vulgares.

Para a secretária do Diretor de Redação:

— Esse andar de moça prosa!

Para uma outra repórter:

— Tem um não sei quê que faz a confusão!

E é a Repórter de Moda que vem e que passa — de novo:

— Uma brasa viva pronta pra queimar!

O café do Jornalista cada vez mais amargo. O Editor junta-se a eles. Percebe que estão falando de mulher. Decide tomar parte. Passa outra *thing of beauty*, e o Jornalista Gozador:

— Sabe deixar a mocidade louca!

O Bonachão:

— Deixa a moçada com água na boca!

O Editor:

— Essa eu lambia todinha!

(E quem fala é o Espírito daquela mesma cerveja cujo jingle *Ele* gravou para um comercial de tevê.)

E logo em seguida o Jornalista, feliz de lembrar uma canção:

— Deixa a gente mole!

Todos riem. O Jornalista quer se enfiar no copinho de café, mas só consegue queimar o nariz. Suprema humilhação, o Editor volta gargalhando para o trabalho. Pois é o chefe, quando ele troveja, sai de baixo que vem granizo grosso. Mas ninguém o respeita quando o assunto é mulher. Tudo por conta de uma história antiga (todas as histórias de jornal são antigas) que o Jornalista, no seu esforço pueril para decifrar o xibolete dos escolhidos, talvez intitulasse de

Lobo bobo

No peito dos desalmados ainda bate um coração? O Editor apaixonado pela Diagramadora. Oferecia flores, caixas de bombom, livros do Mario Quintana. Até os faxineiros riam. Pois teria bastado chegar, sorrir — e pronto, o Editor vencia a moça, como todo mundo. Não, ele queria mais. Tanto fez que um dia apareceram os dois com anéis na mão direita. Os repórteres tiveram que se segurar para não gargalhar na hora do "parabéns".

O noivado durou duas semanas, durante as quais ele foi o melhor Editor do jornal — pelo menos do ponto de vista da arraia-miúda que ele antes tratava a cacetadas. Suave, delicado, só bebia licores dulcíssimos. Pêssego, cereja, ovos, chocolate. Nos piores dias, menta. O jornal sempre atrasava quando o Editor se reunia com a Diagramadora para discutir o desenho das páginas. Um samba tão diferente.

À Diagramadora, porém, pouco se lhe dava amor, flor ou bombom. Fazia incursões diárias ao setor de montagem, ao laboratório fotográfico, à fotolitagem — e o Editor acreditava que ela estava só controlando a qualidade das páginas que os dois desenhavam com tanto vagar e cuidado. Já no dia do noivado a blusa curtinha deixava ver duas mãos negras impressas na pele das costas — graxa ou tinta de impressão, dos operários da rotativa. A quem a censurasse, a Diagramadora respondia com simplicidade irretocável: era tudo "sem compromisso".

E foi sem compromisso também no dia em que da redação se ouviu um gemido baixo e grave, no início quase que só um ronronar de gato vadio, decerto uma peça solta nos dutos de ar-condicionado, mas crescendo gradualmente até que se pôde discernir uma voz, e mais outra, e uma terceira, quarta... Sim, alguém gemia, outro alguém bufava, e havia mais um que urrava, e ainda outro que... (e já não temos verbo para tanta atividade). A redação agitou-se, os repórteres investigativos saíram em busca do fato — mas não tinham faro. Foi o servente do bar que apontou para o banheiro das mulheres. O Editor, curioso e despreocupado, estava lá quando abriram a porta da cabine. Viu saírem um fotógrafo, um editor de Polícia, o Cronista Social (a única surpresa ali...), dois repórteres de Política, o estagiário do Banco de Dados, um técnico em informática e mais dois estranhos que estavam no jornal só de passagem. Todos na corrida, tropeçando uns nos outros ou nas próprias calças arriadas. Só ela ficou, sentada nua sobre a privada, arranhada, desgrenhada, suada, e sobretudo decepcionada com a interrupção do festerê. A Diagramadora: lixo só.

O Editor sumiu. Não estava em seu apartamento, nem na casa de parentes ou amigos (aliás, não tinha amigos). Procuraram em hospitais, manicômios, necrotérios — e nos piores botecos da cidade. Nada. É que nunca teve a ambição de ir tão longe. Um dia alguém lembrou de bater na cabine ao lado daquela em que a Diagramadora se tornara verbete do *Guinness*. Ele estava lá, sem comer havia uma semana e meia, bebendo só água da privada.

Os médicos dizem que esse período de desintoxicação salvou a vida do Editor.

De volta ao bar da redação, dia do Concerto. O Jornalista Gozador e o Bonachão comentam o rebolado da Diagramadora:
— Quente!
— Harmonioso!
E dão a deixa para o Jornalista, a chance única de o neófito ter sua iniciação. Ele arrisca:
— Sestroso!
Os outros dois se olham. Balançam a cabeça em um esquisito compasso sincronizado.
— Vaidoso? — insiste o Jornalista.
Os dois colegas encaminham-se para a escada. Não trabalham mais hoje. Dia santo. O Jornalista afinal se lembra da canção:
— Buliçoso! Buliçoso! — grita para o vão da escada.
Mas os outros já não o escutam.

Quinze minutos em frente ao Araújo Vianna, e Alcides K. já vendeu dois. O primeiro para um senhor de seus cinqüenta anos, jeito nervoso de falar, apressado, olhando muito ao redor, decerto constrangido de recorrer ao cambista. Pagou os cem reais sem chorar. O segundo era um gurizão que roubou as calças largas e a camisa de flanela do Kurt Cobain. Cara inequívoca de filhinho-de-papai. Mas pechinchou, a maior conversa mole. Levou por oitenta.

Alcides K. conta e reconta as cédulas. "A gente trabalha o ano inteiro...", compara. Nunca tão fácil. Outro casal se aproxima, sorrateiro, para negociar. Alcides K. está até pensando em guardar um ingresso. Sim, vai ver a apresentação, conferir se esse sujeito canta tão bem quanto dizem.

(E talvez levante o anel que tem no penhor. Anel de bacharel, antigo, herança do avô.)

Não haveria raio de sol. A cidade é feia, e chove. E ele sequer olha pela janela — escuro lá fora. Há meia hora batem na porta, ele não nota — ouve apenas a nota imperfeita, impura, que reverbera dolorosamente entre as paredes impessoais do quarto de hotel.

Atende a porta, afinal. É um funcionário da Secretaria da Cultura, responsável pelo show. Atabalhoado, bate no mostrador do relógio de pulso (tem mais ritmo do que o Editor).

(O que é o tempo, para Deus?)

A suavidade da voz parece pedir perdão: não vai dar hoje, não. Fica pra outra vez.

Por que não?, pergunta o Funcionário.

O violão, Ele responde.

O braço está empenado. Acidente no avião. Ele tira alguns acordes do instrumento — ruins, quebrados. Até os ouvidos mortais do Funcionário percebem que não está bom.

Deixa eu tentar, ele pede.

No peito do desatinado: um segundo depois o Funcionário se dá conta do desvario de sua oferta. Afinar Seu violão. Se Ele mesmo não conseguiu... Mas são misteriosos os caminhos etc. Seria uma provação: a humildade do Verbo, aliás, da Voz Encarnada, delegando o instrumento de seu poder à afinação de um mero porto-alegrense. Uma língua de fogo talvez arda sobre a fronte do Funcionário: estica, afrouxa, puxa as cordas, experimenta graves e agudos, bemóis e sustenidos. Afinal, devolve-Lhe o instrumento.

Ele tira os primeiros acordes de O Pato. Soam bem.

Vamos lá!, apressa o funcionário. São 20h46min. O show está marcado para as 21h. Três mil e duzentas pessoas esperam no Auditório Araújo Vianna.

Deus sobe ao palco às 22h17min. Nós aplaudimos.

— O senhor por acaso está vendendo ingressos? — pergunta uma voz imperativa às costas de Alcides K. — Os ingressos são gratuitos!

Polícia! A senhora que estava comprando sai de fininho. "É o fim do caminho", pensa Alcides K. Vai marchar com metade da féria pra molhar a mão do pé-de-porco. Antes que consiga se virar para ver de quem era aquela voz imperativa, Alcides K. já está cercado por um grupo de rapazes de barba rala. Polícia civil? Mas por que tantos?

— A gente não é polícia — esclarece um barbudinho. — Nós somos a Milícia Militante.

Hein?

— O senhor por acaso é neoliberal?

— O companheiro trabalhador não sabe que sua livre-iniciativa contraria as deliberações democráticas do Partido na plenária de...

Alcides K. quer se explicar, mas não consegue. Falam todos juntos. Até que um deles ergue a mão, grita "questão de ordem". Deve ser o líder: os outros calam. Pede os documentos, Alcides K. prontamente os entrega, aliviado de poder falar com alguém.

— Konrad. Alcides Konrad. É o seu nome?

Claro que é, se está escrito aí.

— Alemão?

Polaco! Mas o que isso interessa? O que eles querem?

— O senhor vem conosco — diz o líder. — Vamos conversar ali na beira do lago...

Alcides Konrad protesta, mas vai de arrasto. Como a pluma que o vento vai levando pelo ar.

Extasiados, mistificados, bestificados todos com a aparição divina sobre o palco, ninguém notou a figura ao fundo do auditório, de chapéu, capote com abas erguidas — figurino exagerado até para a chuva do dia anterior — e um nariz de Groucho Marx. É o governador do Estado, espiando, espionando o que afinal o Partido inimigo apresentava de tão espetacular.

"Então é só isso? Um sujeito com banquinho e violão? Pois o meu governo vai trazer os Três Tenores!"

Nem a cena imaginada, nem a plausível: a cena que eu vi, a cena que não sei esquecer nem descrever.
Ele tocou. Ele cantou. Falou conosco. Atendeu nossas súplicas: Retrato em Branco e Preto. *Desculpou-se — fazia tempo que não tocava aquela música. Desculpou-se de novo enquanto afinava o violão ruim.* "Tenho que voltar, para fazer isso direito." *Eu ainda estou esperando.*
Quando a música perguntava "por que tudo é tão triste?", a vontade era dizer que não, nada era triste, não ali dentro, debaixo da lona furada, sob o Seu encanto místico — a beleza que existe. Ele cantou Ave-Maria no Morro, e fomos todos católicos e favelados.
Falou-nos ainda da beleza das músicas mais simples, velhas canções populares que Ele tenta tirar do violão quando está sozinho em casa. Começou a cantarolar Prenda Minha. *Era ainda mais belo porque Ele não sabia a letra.*
A joy forever, *duas horas que não vimos aonde foram.*

Depois do Concerto, festa. Despedida do Diretor de Redação, em um restaurante da zona sul. Alguns jornalistas promoveram uma festa paralela, numa encruzilhada da Restinga, à meia-noite. Todos brindaram à viagem do ex-Diretor de Redação. O Sindicato dos Jornalistas financiou a cachaça, a farofa e a galinha preta.

Nosso Jornalista não foi a nenhuma das festas. Na saída do auditório, evitou os conhecidos. Não queria conversa. Foi caminhando de volta para casa. O ar frio, o silêncio do parque, tudo muito bom. O vento balançando as palmeiras imperiais da Oswaldo Aranha. Cada palmeira da estrada — sei que não vai dar em nada.

Assobiava uma música que já não sabia se ouvira no disco ou no show de há pouco. "Devia ter tomado notas", pensou. Talvez o Editor tenha errado: quem é ele, crítico improvisado, para falar do Músico Absoluto?

(Músico Absoluto? Bom, muito bom. Vou usar na crítica!)

Morava na Cidade Baixa. Fez um pedaço do caminho por dentro do parque. Um grupo de barbudinhos suspeitos cruzou por ele — me assaltem, me matem: eu já ouvi, e agora estou pronto. Mas passaram em silêncio, olhando para o chão.

Em casa, ainda tentou ler mais um ensaio de Augusto de Campos (esquecíamos de mencionar que ele passou o dia todo sovacando o *Balanço da Bossa*, o que causou impressão das mais favoráveis no Editor). Dormiu.

Acordou diferente. Foi se olhar no espelho, quem sabe ele também... Sim, estava lá, sobre a testa: o fogo sagrado. Pronto pra queimar.

Correu para o jornal. A Diagramadora dirigiu-lhe um olhar concupiscente. Estava mais bonito. Mais alto. Sem corcunda.

Escreveu. Dali a pouco chegava o novo Diretor de Redação, recém-investido da importância inflada de seu cargo, imperial como as palmeiras da Oswaldo Aranha, escarvando o carpete com os cascos furiosos, a mão recém-empossada na bunda da secretária: tudo isso agora é meu! Aproveitou a língua de fogo do Jornalista para acender um charuto.

O Jornalista ignorou. Não era deste mundo. Ou, pelo menos, não deste estado: baiano, hoje era baiano, mesmo sem nunca ter pisado na velha São Salvador. Imensa saudade do que mamãe dizia. Do pobre folclore local, o Jornalista só guardava a assombrosa luz do M'Boitatá — clarão sem chamas, a cobra de fogo, fogo que não queima nem aquenta. (Dizem que depois do Concerto o M'Boitatá passou a fazer aparições no laguinho do Parque da Redenção.)

Meia hora depois veio o Jornalista Gozador contar da festança de despedida. Quilométricas carreiras de cocaína. Álcool aplicado em doses intravenosas por enfermeiras de filme pornô. Massa com colhões de boi (ou de touro? grande problema conceitual!) e secretos temperos afrodisíacos. A Diagramadora fez *strip-tease* em cima do balcão de bebidas. O Editor tomou uns drinques festivos, daqueles com pedaços de abacaxi e guarda-sol tropical enfeitando o copo, e aplaudiu tudo. Ao som do axé, o trenzinho carnavalesco tomou a direção do banheiro, onde uma repórter quis bater o recorde da Diagramadora. O Jornalista Gozador foi o último da fila e não conseguiu entrar.

O Jornalista, flutuando a um metro do solo, interrompeu a narrativa da saturnal com a voz cavernosa de um Patriarca bíblico interpretado por Charlton Heston: "Pobre de quem acredita na Glória e no Dinheiro."

E escreveu. E escreveu.

E aí o texto ficou pronto.

O Editor veio criticar a crítica. Entornou uma garrafa de cachaça, para ganhar malemolência e samba no pé. Só que o alambique pertencia a colonos alemães de Santa Cruz do Sul. O Editor marchou sobre o texto com passo de ganso:

— Não entendi esse *lead*. "Um outro João, o Keats..."

O Jornalista explicou. Tintim por tintim.

— "Uma coisa bela é uma alegria para sempre" — o Editor não se convencia. — Não está claro. Muda.

— Mas, mas, mas... — objetou o Jornalista. Mas o Editor já estava em outro parágrafo:

— "Foi o maior acontecimento estético em Porto Alegre desde *Os Ratos*"...

— Do Dyonelio Machado.

— Eu sei, eu sei — o Editor não gosta que o subestimem. — O que uma coisa tem a ver com a outra?

O Jornalista explicou. Com menos convicção. Nem sabia mais por que tinha escrito aquilo.

— E *O Tempo e o Vento*? — contrapôs o Editor.

O Tempo e o Vento era bel-canto, era operístico. Orlando Silva. Aliás — Vicente Celestino! *Os Ratos*, não: contido, sintético. Bossa Nova.

(Mesmo mentindo, devo argumentar. O Jornalista na verdade nunca havia lido todo *O Tempo e o Vento* — apenas os trechos que importam para o vestibular, *Capitão Rodrigo, Ana Terra*. Mas achou que a explicação bastaria para enrolar o Editor, que afinal leu ainda menos que ele.)

Não bastou. Pra que discutir com *monsieur*?

— Esse negócio de misturar música e literatura... Muito confuso. Corta.

O Editor seguiu lendo e corrigindo ("Músico absoluto? Mas que porra é essa? A única coisa absoluta que eu conheço é vodca!"), e enquanto lia e corrigia a chama sagrada se apagava no Jornalista. O M'Boitatá é mesmo só um fogo-fátuo. E até o Concerto se tornava baço, estranhamente impreciso para uma lembrança tão recente. Aconteceu mesmo? Fui merecedor? Ou a Graça está no mundo para se perder na enxurrada?

(Súbito o autor se lembra de outra clássica analogia zoológica: porcos e pérolas.)

Sábado de sol em Porto Alegre. Na tela, o cursor pulsa sobre a frase que precisa ser toda refeita. O Jornalista Fátuo olha pela janela. Todos os lugares, tudo o que sonhares. Fuga, evasão — o desejo que ele não vai realizar. O barquinho vai. Ele fica.

Tristeza não tem fim. Felicidade, sim.

Porto Alegre, 19 de outubro de 1996

Post scriptum 2000: Caetano Veloso gravou Prenda Minha *em um disco ao vivo. No show, ele lembrava a gravação de Miles Davis. Pelo jeito, não soube do Concerto no Araújo Vianna —*

aquele momento raro, tão raro que parece ficção. "Vou-me embora, vou-me embora, prenda minha": todo o desejo de evasão do meu miserável personagem.

Caetano Veloso também é o produtor do CD que ouvi há poucas horas, na casa de amigos — o celebrado retorno do Músico Absoluto ao estúdio. Gravou Desde que o Samba é Samba, do Caetano. Só na voz dEle percebemos o que a música realmente significa — não, mais do que isso: o que a música é. A letra diz o contrário da melodia: "o samba não vai morrer".

Depois de Desde que o Samba é Samba,, ainda teve disco de Paulinho da Viola, e o próprio Caetano compôs Os Passistas. Não importa: na voz de Deus, é o último samba do mundo.

Melancólica morte de um comunista

Novos que resistem sem passado
vai ser mais um dia daqueles
Vitor Ramil

Fevereiro começava tórrido quando ele empunhou seu estandarte e se encaminhou para morrer na avenida. Não se sabe por que teria escolhido Dovilo. Talvez pelo bizarro gosto que, registra-se, os comunistas nutriam pela miséria. Vivia de fato muito pobremente, já havia um ano e meio, em um quarto estreito, com vista para o cemitério, na pensão junto ao arroio. Embora pagasse as contas em dia, não há notícia de que tenha trabalhado em sua passagem pela histórica cidadezinha. Essa lacuna segue inquietando os que, como eu, se propõem escrever a História. Os detratores do Comunista pensam tê-la preenchido: sustentam que ele recebia mensalmente os rendimentos de uma considerável extensão de terra arrendada no Sul. Inexistem, porém, evidências sólidas dessa incoerência ideológica.

Estive em Dovilo recentemente; lá passei uma semana pesquisando, mas obtive parcos resultados. Poucos são os moradores que falam sem temor sobre o crime e os acontecimentos subseqüentes. É certo que lá ainda vivem muitos dos Revolucionários de Fevereiro. No entanto, não pude encontrar ninguém que admitisse o passado inglório. Sob o fardo do fracasso, a História se arrasta na poeira de Dovilo. E cala.

Apenas o senhor Gomes e Seixas, proprietário do bar homônimo localizado na avenida principal da cidade, recorda-se dele — ainda que, lastimavelmente, jamais tenha sabido seu nome. Gomes e Seixas conta que o Comunista vinha ao bar todas as noites, depois de comer o prato feito na pensão. Desde que se beba — e pague — um copo de sua cachaça, Gomes e Seixas não esconde nada do que viveu. Relata que seu histórico freguês bebia com sede proletária, era sempre o último a sair do bar, gritando e reclamando da ausência burguesa em Dovilo: "Estão aqui os explorados, onde os exploradores?"

Gomes e Seixas especula que o velho Comunista, bebendo com aquela freqüência e vontade, não viveria muito longe. "Estava cada dia mais amarelo e magro", diz. "O fígado já andava ruim." Um ano mais, e a cirrose teria salvo o país da catástrofe.

Contam os jornais da época que o crime se deu durante a Passeata da Ave-Maria, como ficou conhecida dos dovilenses. Diariamente, a solitária caminhada começava da pensão, tão logo os sinos badalassem seis horas, hora da Ave-Maria. Perfilado e silencioso, o Comunista percorria as ruas de Dovilo em cadência marcial, levando erguida a bandeira vermelha um tanto desbotada. A cidade acostumou-se à manifestação, ao ponto de quase ignorá-la. Eventualmente, os moleques arremessavam goiabas e bergamotas podres no manifestante, que as suportava calado, estóico como um santo. Foi a única reação que sua passeata jamais suscitou — até o Fevereiro.

Questionada sobre a passeata do 1° de Fevereiro, a cidade mais uma vez cala. Os relatos jornalísticos dão respaldo a este silêncio, reiterando que não houve testemunhas. O próprio Gomes e Seixas optou por não presenciar o episódio.

Era um dia quente. A poeira levantada pelo vento secava as gargantas. Com o bar cheio e a caixa enchendo, Gomes e Seixas não se abalou quando o ordinariamente abstêmio Aleixo Alcântara pediu três copos de cachaça um atrás do outro. Ao ouvi-lo anunciar "hoje mato o desgraçado", Gomes e Seixas foi firme: *"No meu bar, não!"* E não se interessou em saber quem seria o *desgraçado*.

Aleixo Alcântara bebeu mais um trago e saiu, indo postar-se uma quadra adiante. Passados dez minutos em que as moscas zumbiram muito, o Comunista cruzou sobriamente em frente ao bar, ignorando o copo que Gomes e Seixas oferecia lá de dentro. Esforçava-se para erguer alto o mastro, em busca de ventos mais generosos que desfraldassem o pano encarnado.

Quando ouviu os seis tiros, Gomes e Seixas compreendeu que matavam o único boêmio de Dovilo.

Aleixo Alcântara entregou-se à polícia, apresentando a arma ainda quente, o tambor vazio. Os periódicos dividiram-se quanto aos motivos do assassinato. Ainda que este relato se pretenda tanto quanto possível imparcial, tendo a crer na tese do crime político. Aleixo Alcântara, dono de uma mercearia onde se praticavam preços abusivos, era o maior capitalista de Dovilo. A pregação comunista devia lhe soar ameaçadora.

Os detratores do Comunista desejam roubar-lhe o martírio, sustentando que tudo não passou de um crime passional. Se correta esta versão, a vítima e a senhora Aleixo Alcântara estariam tendo um indiscreto caso, à luz do dia, na pensão, enquanto o marido traído cuidava do comércio dovilense. A recusa de Aleixo Alcântara em admitir suas razões justificar-se-ia pela vergonha de macho.

Julgo, porém, improvável que dois amantes fossem tão imprudentes numa cidade onde a maledicência só precisa atravessar a rua para dar em ouvidos errados. Os historiadores mais criteriosos recusam-se a crer que uma vulgaridade tamanha possa ter conturbado a nação.

Inabilmente, esquecia-me de mencionar que a vítima de Aleixo Alcântara era o único e último comunista de que se tinha notícia. Apenas esta particularidade explica a comoção nacional e o desvario histórico que se seguiram ao assassinato.

O depauperado corpo do Comunista, tão magro que fora incapaz de reter uma só bala entre as vísceras, foi recolhido à igreja por dois policiais. A complacência do padre permitiu que o cadáver ateu ali ficasse à espera de necropsia — o médico estava atendendo um fazendeiro distante. Em Dovilo, tive acesso a um laudo sem identificação que suponho fosse sobre o Comunista — anotava seis orifícios de bala. Ninguém, entretanto, sabe que destino teve o corpo, depois da igreja.

Ainda não havia amanhecido quando chegou o primeiro carro da imprensa. Cogita-se que o prefeito os teria chamado, buscando notoriedade e verbas para seu município. Dovilo ainda não fora alcançada pelo asfalto e contava apenas com um posto de saúde para atender seus muitos doentes; lá, todas as estações de rádio e televisão sintonizavam mal.

Pela manhã, os habitantes não reconheceram a cidade. Perto de cem jornalistas acotovelavam-se na entrada da pensão — chamavam-na lisonjeiramente de "hotel" — exigindo quartos. Câmeras, gravadores, microfones, fax, *laptops*, telefones celulares, técnicos obesos que se arriscavam nos telhados frágeis para instalar antenas de microondas — o lugarejo onde os correios sempre atrasavam foi invadido por um imenso aparato eletrônico.

Ninguém pisava a calçada sem ser entrevistado.

— O senhor sabia que ele era o último comunista? *O último?*

— A senhora conhecia o Comunista pessoalmente?

— O que ele gostava de comer aqui na pensão?

Gomes e Seixas saiu de casa perto do meio-dia e foi logo abordado. Nunca havia visto uma câmera antes — o máximo de tecnologia com que tivera contato fora o televisor preto-e-branco do bar. Mas não titubeou quando lhe perguntaram seus sentimentos em relação ao assassinato:

— Fiquei puto da cara!

Os curiosos ao redor aplaudiram. "Não quis começar nada", garante, hoje, Gomes e Seixas. Mas foi ele quem virtualmente detonou a multidão, enfatizando que o Comunista era ótima pessoa, "nunca fez mal a ninguém", ao passo que Aleixo Alcântara, bom, todos comentavam os preços dele...

A capitulação da cadeia foi rápida. O delegado alegou não ter contado com efetivos suficientes para defendê-la. No momento em que todo o país assistia ao enforcamento pela TV, Aleixo Alcântara já estava morto — a multidão que o linchara pensou tratar-se de um desmaio.

O país então já estava penalizado. Na Capital, uma promoção conjunta Lions-Rotary levou dez mil donas de casa às ruas em homenagem ao Comunista morto. Um grupo ecológico equivocado também saiu em passeata pela preservação dos comunistas. A repressão policial foi de uma truculência tal que aumentou a indignação popular. Em todo o território nacional, rezavam-se novenas à Virgem (veiculou-se muito o engano sobre a Passeata da Ave-Maria).

O linchamento de Aleixo Alcântara, televisionado ao vivo, foi o cheiro de sangue que faltava para atiçar as feras. Os acontecimentos aceleraram-se tanto, e são tantos os desdobramentos — alguns violentos, outros apenas anedóticos —, que é impossível reconstituí-los todos. Explodiram inúmeras revoluções, e a imprensa, tardiamente, cessou a cobertura em Dovilo. Declarou-se estado de sítio. O exército foi convocado mas, em algumas regiões, aderiu aos revoltosos. Como as insurreições não tivessem um comando ou uma estratégia únicos nem respeitassem as convenções militares, a resposta armada do governo foi muito difícil. Houve casos de aldeias inteiramente destruídas, a população civil dizimada, para ao final descobrir-se que os contendores pertenciam ao mesmo grupo. "O país entregou-se à espontaneidade popular. Foi o mais ferrenho carnaval que já vivemos", escreveu um historiador pouco ortodoxo — e, no meu entender, ainda menos sério.

Partiu de Dovilo o grupo que, na manhã de 6 de fevereiro, tomava a Capital desprevenida. Criou-se a lenda de que levavam o estandarte vermelho embebido com o sangue do Comunista, o último comunista.

De fato, sabe-se que tomaram o Palácio Presidencial e declararam: *nosso país agora é comunista*.

Seriam centenas, quiçá milhares. Apenas uns trinta couberam, apertados, no gabinete presidencial, e graças a esta circunstância passaram a tomar as decisões. Eram comunistas, quanto a isso havia unanimidade, mas, perguntavam-se, o que faziam os comunistas no poder?

Alguém arriscou que os comunistas fuzilavam o Presidente e foi aplaudido. De acordo com as crônicas — precárias, inexatas, pouco confiáveis — da Revolução de Fevereiro, o Presidente, amarrado a sua cadeira, teria objetado: não, verdadeiros comunistas antes de tudo fariam um julgamento, não executariam ninguém arbitrariamente. Os revolucionários acharam aquela uma proposta razoável. Imediatamente, votaram: a maioria considerou o chefe do Executivo culpado. E fuzilaram o Presidente.

Lembraram o Legislativo — o Congresso era do outro lado da rua. Chegaram tarde: avisados, os parlamentares fugiram para suas fazendas no interior ou voaram para Miami. Restavam apenas um grupo de deputados oposicionistas que haviam ficado para prestar solidariedade à revolução vitoriosa, um contínuo e duas faxineiras. Por desfastio, os revolucionários enforcaram todos.

De volta ao Palácio, puseram-se a discutir as próximas medidas. Cansados de debater o que *faziam* os comunistas, decidiram sensatamente aprender o que *era* o comunismo. Descobriram uma razoável biblioteca no Palácio e lá despenderam o resto do dia sem que qualquer daqueles livros lhes desse a chave das idéias que defendiam. Conta-se até que passaram ao largo de O *Capital* e A *Origem da Família, da Propriedade Privada e do Estado*: a palavra *comunista* não constava do título.

Na manhã seguinte, entediados da leitura árdua e inútil de tantos prefácios, sentenciaram: *os comunistas queimam livros.*

Levaram todos os volumes para o pátio; outras bibliotecas da Capital foram alegremente pilhadas — jamais se viu fogueira tão alta. E a ordem espalhou-se para o resto do país: O comunismo venceu! Incinerem-se os livros! Algumas cidades — incluindo Dovilo, onde não se encontraram mais do que cem livros, metade dos quais da biblioteca do Comunista assassinado — obedeceram. Há registros de uma vila onde os bibliotecários foram queimados junto com o acervo pelo qual zelavam.

A natureza das deliberações seguintes é incerta. Sabe-se que em algum momento foi suscitada a conveniência de eleger um novo presidente. Uma facção opôs-se radicalmente à idéia. O povo, argumentavam, estava afinal no poder! Alguém citou, fora de propósito, a frase histórica do último Comunista: "Estão aqui os explorados, onde os exploradores?" (Gomes e Seixas nega veementemente ter tomado o Palácio com a revolução.)

Afinal, elegeram presidente um farmacêutico, homem supostamente instruído. O recém-eleito quis de pronto agradar os governados, mandou que se desse comida ao povo. Mas, as plantações arrasadas, o gado morto, os rios envenenados por outros revoltosos, já não havia o que distribuir. As disposições revolucionárias demoravam a chegar ao interior; no Palácio, os telefones estavam mudos e o telex não recebia mensagem alguma.

A Revolução de Fevereiro esvaziava-se aos poucos. Muitos retornavam à sã consciência e às cidades de origem, esquecidos que estiveram de filhos e esposas. Cerca de quarenta revolucionários, no entanto, prosseguiam no desatino. Em face à tremenda incompetência do farmacêutico-presidente, enforcaram-no, para a seguir determinar a intervenção do exército em todas as frentes de batalha. Encontraram um general reformado a quem entregar a ordem — mas não existia mais exército.

No dia 29 — era um ano bissexto —, o povo abandonou o palácio, abdicando, desolado, do poder. O grupo original de talvez mil ou mil e quinhentos revolucionários reduzia-se então a oito camponeses, que retornavam famintos a seus lares (a despensa presidencial, com suas trufas e trutas, durara apenas duas semanas).

Acabava a Revolução de Fevereiro.

Encerro aqui, mas a História não se encerra. Já se vão vinte anos desde o Fevereiro, e prosseguem as guerrilhas e escaramuças entre grupos armados, o exército e as dissidências do exército. O Movimento Revolucionário Ave-Maria, destacadamente, tem promovido sangrentos conflitos agrários no Sul. Uma força de paz da ONU restabeleceu o Governo na Capital, mas permanece precária a comunicação com o interior.

Dovilo, entretanto, voltou a seu pacato desamparo. Atualmente, seus habitantes sequer dispõem de água encanada e eletricidade. Situação que não é diversa em muitas outras localidades — mas só Dovilo conhece sua vergonha, enterrada entre centenas de sepulturas anônimas que a História cavou junto ao arroio, na margem oposta à pensão.

Melodrama

Hazard has such accuracies.

Joseph Conrad

Seco, como pode ser seca uma cuspida, como é seco e amargo o cuspe verde quando se vai cevando a erva, assim saíra o conselho paterno: "Não vai dar ponta no rio, guri, que é perigoso." O guri já não o era, o rosto exigia a labuta cotidiana da navalha; naquela manhã ensolarada, em especial, fizera a barba com um cuidado lento e vaidoso, ritual de hombridade narcisista antecipando o gozo simples e bestial no mato, em uma curva sombreada do Caí.

O conselho fora naturalmente ignorado. Não, "naturalmente" não, o advérbio comprido e desajeitado quase trai sua mãe substantiva: a natureza fizera seu trabalho com rapidez e em vinte e dois anos corrigira todos esses incômodos desequilíbrios endocrinológicos que geram espinhas vexatórias e poluções involuntárias. Nenhum romântico desvario adolescente inspirou o desastre, e nem o moço terá visto naquela ribanceira barrenta uma consubstanciação física do abstrato abismo geracional que o separava do pai — aliás, na queda de três metros até o rio sequer teve em mente o conselho desobedecido. Pensou, talvez, na elegância estudada do salto, o corpo nu projetando-se em uma cunha musculosa, aero e hidrodinâmica, e alcançando a água com ondas de impressionante efeito junto a mocinhas que no Curso Normal não ouviram falar em Arquimedes. Ou, mais prosaicamente, pensou que era bom dar um mergulho no Caí depois de trepar numa manhã de janeiro. Ou, mais provavelmente, não pensou em coisa alguma.

Seu pai e seus hormônios podem ser inocentados do incidente, e ninguém mais. Salvo o Caí e os sólidos ociosos carregados por seu fluxo inconsciente, o moço mesmo foi o maior responsável, não podendo sequer se desculpar por estouvado (a palavra anda um tanto em desuso, mas o leitor, se soube observar o bigodinho fino e canastrão do personagem, já terá visto que a história se desenrola no passado) e imaturo. Pensamos ter bem estabelecida a maturidade orgânica do rapaz, e faltou apenas observar que a contestação da sabedoria dos mais velhos ainda não se erigira nem como ideal político, nem como slogan publicitário. Se ele ignorou o conselho paterno, foi só por ignorância — ou, se quisermos evitar a tautologia, digamos que por estupidez.

O calor terá outra parcela de culpa nos fatos. Nas praias argelinas já se reportou o sol forte como motivo de assassinato de árabes. Mais modesta, a canícula de Montenegro não mata, aleija (e, se a consciência social do leitor tiver a impertinente lembrança das baixas causadas pela desidratação infantil, esclarecemos de pronto que os miseráveis não terão vez neste relato integralmente ocupado por personagens remediados).

Por cruel que seja e pelo bem unicamente da verdade, cumpre esclarecer finalmente a responsabilidade da moça. Cruel, porque nos enternecemos ao vê-la logo antes do salto ornamental (o leitor, estamos certos, nos permitirá alguma generosidade nos adjetivos) do amado, batendo palmas com docilidade pura e pueril, tomada de uma languidez que, não obstante ser apenas um expediente para ocultar a vergonha — a culpa católica pela completa nudez ali no mato, por ter permitido tudo ao namorado, por ter pedido mais ao amante, e até por ter mentido à mãe que passaria a manhã com a amiga rica que tem piscina em casa — de uma languidez, não obstante os mais longos e aborrecidos travessões parentéticos, muito charmosa. E igualmente cruel porque nos apiedamos de vê-la após o acidente, atrapalhada e aflita, chamando ajuda aos berros naquele trecho de rio que o namorado escolhera justamente por ser isolado, e em seguida nadando esbaforida e fatigada contra a corrente, para resgatar aquele peso de carne e osso inertes que vira subir à tona.

Pois a responsabilidade da moça se resume a um simples muxoxo. A palavra tem ressaibo de antigo (o leitor não reparou no maiô que a moça há pouco despiu e pendurou caprichosamente nos arbustos? Pois repare: a extensão do pano dá a medida exata do retrocesso no tempo) e sequer é precisa: traz o inconveniente significado lateral de beijo ou carícia (é certo que houve ambos sob a sombra das árvores naquela manhã, mas se relacionarmos estes gestos ao desastre seremos seguramente acusados de moralismo).

A acepção dicionária que adotamos para muxoxo — e pedimos ao leitor a bondade de ignorar todas as demais — é "estalido de língua manifestando contrariedade". A rigor, não podemos afirmar que tal som foi ouvido à margem do Caí naquela manhã. Sabemos apenas que houve contrariedade, uma contrariedade profunda e magoada. Com todos os inconvenientes semânticos já apontados, o vocábulo tem a vantagem de, com seu duplo X, representar visualmente a encruzilhada moral em que o desgosto da moça colocava o rapaz. Ela tinha suas razões (não as temos todos?): se ainda não era admitido pelos Bons Costumes o costume do sexo pré-matrimonial, e se ela já se desinibia assim, com a planta nua dos pés mal oculta dos barcos passantes e com nádegas desconfortavelmente acomodadas sobre a lama, desprotegidas como sempre pela esteira de praia curta demais, se ela já se entregava integral e visceralmente não pela primeira vez (a bem da exatidão, sexta vez), era razoável que exigisse a garantia mínima do noivado, o anel que não custaria mais do que o DKW com que o rapaz os conduzia aos recantos inóspitos do prazer, um penhor sentimental que materialmente significaria pouco para um filho de comerciante, estudante de Direito em Porto Alegre e proto-playboy. E é por isso que pedimos à leitora hodierna que não se ria do tal muxoxo e do concomitante e antiquado hábito de pedir provas de amor, depois do amor. Nossa personagem age assim por força das circunstâncias, e a expressão não será menos verdadeira por ser clichê.

O rapaz, por força de outro conjunto de circunstâncias e de um traço de caráter que definiríamos, conforme o ponto de vista, como cafajestismo ou esperteza, prefere ignorar a profundidade e a extensão da prova de amor requerida, e decide que afinal um belo salto de ponta no rio, realizado com desenvoltura e pretensa audácia, bastaria para deslumbrar e iludir a moça por mais uns dias, durante os quais decidiria se o anel de noivado viria antes ou depois do de bacharel, e se não seria talvez melhor casar com uma mulher decente.

(A esta altura da narrativa, reconsiderando o que até aqui já se tem por estabelecido, notamos que o pai do protagonista foi inocentado de forma apressada e irresponsável. No momento em que oferecia seu conselho, o conselheiro, ocupado que estava no delicado preparo de uma infusão de mate dentro de uma cabaça de porongo, sequer ergueu os olhos para atestar o efeito — aliás, nulo — que suas palavras tiveram sobre o aconselhado. Sua sabedoria de marinheiro de água doce — e ele, já apontamos, é comerciante — pecou pela concisão, o que se explica por um mecanismo compensatório indispensável ao equilíbrio mental de nosso chefe de família: a loquacidade com que desdobrava cortes de tecido para as freguesas era proporcional ao laconismo com que conduzia a educação do filho.

Faltou detalhar o que as águas barrentas de um rio podem esconder. Talvez o pai houvesse falado disso antes, em pescarias com o filho pequeno, mas só um romance nos permitiria ir retrospectivamente tão longe, e por enquanto não desejamos extrapolar as dimensões próprias ao gênero do conto. Seria necessário, de qualquer modo, reiterar essas explicações, pois é conhecida a inconstância do conhecimento nas mentes jovens.

Seja dito em favor do pai que, a despeito de qualquer explicação suplementar, o conselho seguiria ignorado. Improváveis objetos que derivam sob as águas não têm o poder de abalar a convicção juvenil da invulnerabilidade. Mas não vamos inocentar o homem novamente. Uma culpa última e terminal ainda pode ser imputada à sua falta de sensibilidade. Comerciante urbano que jamais viu o pampa de perto, que não saberia marcar uma rês e nem sequer montar a cavalo, que nunca usou esporas, bombachas ou adereços do carnaval gaudério — e o chimarrão matinal é hábito muito pouco ostensivo para se qualificar como exceção —, o pai não obstante conservava uma rudeza ancestral, uma certa aspereza d'alma, só eventualmente demonstrada diante da senhora gorda que não se decide entre *petit-pois* ou xadrez. Um espírito menos bruto detectaria a desatenção filial, e o conselho, sabendo-se de antemão ignorado, seria outro: um apelo para que o filho tivesse a decência de não se valer de falsas declarações para enredar a namorada em sua miséria.

As responsabilidades estão afinal determinadas, e resta só narrar o incidente, reduzido a tutano e medula para não cansar o leitor, que já adivinha o acontecido. Cumpre, para tanto, fechar parênteses e abrir parágrafo.)

O rapaz subiu à ribanceira, gritou "eu te amo", bateu no peito como o Tarzan de Johnny Weissmüller, jogou-se de ponta no rio, chocou-se de cabeça num tronco submerso, rachou a quarta vértebra cervical e ficou irremediavelmente tetraplégico.

E é assim que vemos o casal protagonista neste momento, unidos pelo mais acurado azar, enquanto ela lhe empurra uma papinha insossa. Fizemos uma elipse de tempo — e não importa sejam dez, vinte, trinta, quarenta anos, sempre veremos os dois assim, ele inerte e inútil na cama, o queixo lambuzado de comida, e ela competente e calada, raspando o prato com diligente economia até a última porção daquela massa de legumes imprecisos. Mudanças neste quadro de paz hospitalar — nesta cena de um matrimônio realizado *in extremis* e mantido, depois de verificado que contra todas as expectativas ele sobreviveria, *pro forma* — só nos primeiros anos, quando ela passou de um angustiante sentimento de culpa e dívida para o desejo nunca plenamente confessado (nem a si mesma) de uma libertadora viuvez; e ele, mais rapidamente, foi de um rancor surdo e estúpido como o próprio salto para a constatação trágica e incontornável: a mulher que lhe exigira uma incomensurável prova de amor era agora quem lhe dava alimento e — ah, humilhação! — trocava suas fraldas, única intimidade possível neste casamento. Mas estas transições ficam compreendidas na elipse, recurso que poupa o leitor de aborrecimentos.

Basta o quadro desta refeição silenciosa para resumir o enredo de telenovela mexicana que apanhou nossos personagens — com a diferença de que no drama eletrônico ele encontraria a cura em alguma implausível cirurgia nos Estados Unidos ou em um milagre de Nossa Senhora de Guadalupe, e partiria para cruzar a nado o Canal da Mancha e para outros desafios hercúleos e também para outras mulheres antes de descobrir que o verdadeiro e único amor de sua vida fora sua dedicada enfermeira, com quem acabaria se casando no último capítulo. Mas aqui é a realidade (posto que este é um conto realista, descontadas as intromissões indevidas do narrador) e é o último capítulo (para o caso, parágrafo) e os dois, foi dito e é irrevogável, já estão casados e ele não vai se levantar nunca mais, sonhando um dia dizer que aquele grito antes do salto não fora sincero, mas com medo de fazê-lo, de que afinal nem isto seja capaz de ferir os sentimentos da esposa e ele se descubra ainda mais impotente; ela ainda pode ir e vir com todas as prerrogativas da Constituição e de uma espinha dorsal incólume, mas sofre a restrição econômica de não ter para onde ir, de viver há anos em uma casa comprada pelo sogro, de modo que só lhe resta, efetivamente, a liberdade abstrata do pensamento, que ela exerce com os olhos fechados, a imaginação deixando a casa e trancando a porta da frente para voltar depois de uma semana, um mês, um ano, apenas pela curiosidade infantil de saber com que cheiro estará o quarto do marido.

Reduzir a pó os testículos

Nada do que ele faça pode me surpreender ou decepcionar. Seus testículos — poderia cravar-lhes as unhas, bem fundo, até esmagá-los entre os dedos, os lençóis ficariam sujos de uma espécie de pó, um pó viscoso, a consistência da areia untada de graxa. Nenhum, absolutamente nenhum sangue.

Passo o dedo sobre a pele flácida do escroto, ela se contrai levemente. O pênis ereto pulsa, potente e grotesco. Inclino-me e acaricio a glande com a ponta da língua.

Nem sempre o tive assim, à mercê. Na primeira noite, abri a porta e já o encontrei ereto sob a calça. "Vim foder", ele disse, e entrou desafivelando o cinto. Me arranhou, puxou os cabelos, mordeu os mamilos. Nunca perguntou se era bom. Soube sempre, pelo jeito que eu gemia "mais, bem forte, me rasga toda", enquanto apertava suas nádegas musculosas.

Até o dia em que trouxe o terço. "Reza enquanto eu te como." Achei infantil, perversão de menino de colégio escondido sob a escada para espiar a calcinha das freiras. Mas atendi, rezei ave-marias e padre-nossos e credos enquanto ele suava e bufava em cima de mim. Ele descobriu que só me daria prazer se eu quisesse. Foi por isso que cuspiu no meu rosto antes de se vestir e ir embora.

"De quatro", ordenou previsivelmente, tão logo nos despimos, no encontro seguinte. Obedeci, ele penetrou meu ânus num só ímpeto violento e ejaculou logo. Me chamou de putinha e deixou dinheiro sobre a fronha.

Desde então, não se preocupa em chegar ereto. Só trepa depois de eu insistir. Sente-se seguro e viril porque gozo sempre e muito e forte. Mas, depois que ele se vai, é como se eu não tivesse feito mais do que passar talco entre as pernas.

Hoje, aceitou as correntes sem hesitar. Perguntei se não tinha medo e ele disse que jamais teria medo de quem já lhe deu o rabo. Eu ri, às gargalhadas. Era a primeira vez que ele me fazia rir.

Acorrentei-o à guarda e aos pés da cama. Está vulnerável enquanto ejacula em minha boca. Pergunta se era só para isso que eu o queria preso. Olho o pênis, um animalzinho invertebrado e mole, da glande sai um fio de esperma translúcido. Coloco os testículos na palma da mão, delicadamente. São macios e tépidos. Vou apertando devagar. Ele primeiro não entende, diz que a brincadeira não tem graça, que está machucando de verdade, depois grita para que eu pare, tenta contorcer o corpo, puxa as correntes, suplica, chora, urra de dor — e, para minha surpresa e decepção, sangra.

Páginas arrancadas de um tratado de estética

quem dirá, de ouvir seu canto, quanto desespero foi preciso?

Eduardo Sterzi

I

A cortina subiu pela segunda vez e o artista apareceu com a mão esquerda sobre os olhos. Foi o primeiro e único sinal de descontrole — apenas aparente, como se verá a seguir — em uma seqüência rigorosa iniciada quando a cortina subiu pela primeira vez, revelando apenas o artista ao centro do palco, de frente para a platéia, o revólver na mão direita.

O primeiro tiro foi desferido sobre um jovem que ainda aplaudia na primeira fila. Gritos, sinais de desconforto, um dos vizinhos do homem baleado pulou sobre as cadeiras, pisoteando os demais espectadores.

O segundo tiro derrubou uma senhora gorda de um camarote. Seguiu-se alguma comoção, mais ruidosa logo abaixo, na platéia, do que no camarote. Mas o grosso do público, extremamente refinado, permaneceu.

O terceiro tiro foi destinado novamente a um camarote. Atingiu um senhor de idade, apreciador empedernido do teatro discursivo tradicional — já estava mesmo preparando-se para deixar a sala. O efeito — resultado de rigoroso cálculo estético, que no entanto pode parecer mera casualidade ao espectador menos versado nas sutilezas da vanguarda — dessa vez foi distinto: o corpo não caiu sobre a platéia, mas tombou para *dentro* do camarote.

O quarto tiro atingiu uma moça da quinta fila. Ninguém mais gritou nem abandonou a sala, índice de que o público entrava em sintonia com as percepções mais radicais do artista.

O quinto tiro foi parar em algum lugar indeterminado ao fundo do teatro.

Cai o pano.

Silêncio. A cortina sobe pela segunda vez — e o artista aparece aturdido, o rosto baixo, a mão esquerda cobrindo os olhos. A crítica retrógrada insiste em interpretar o gesto como um sinal de hesitação, mas se tratava de mera falha técnica (irritação nos olhos, provocada pela fumaça de pólvora), uma daquelas pequenas imperfeições que só fazem realçar a beleza integral do conjunto.

O público permaneceu em silêncio reverente. O artista, passados poucos minutos, ergueu os olhos. Também esperava.

O aplauso foi detonado no fundo da sala e cresceu até a primeira fila, avassalador. Em poucos segundos, estavam todos em pé. "Bravo, bravo", gritavam os cavalheiros. As damas atiravam beijos ao artista.

O sexto tiro atravessou-lhe as têmporas.

II

Só eu e ele no bar, mais o *barman* limpando o balcão entre nós dois, e o sujeito pega e diz:

"Eu admiro os tubarões."

Nem quis olhar a cara dele. Admirar tubarões! O palhaço decerto ainda tem mulher, filho advogado, netinha no segundo ano primário e perna direita: aí fica fácil, dá para admirar quem ele bem quiser.

"Não me entendam mal", ele continuou. "Eu não *aprovo* os tubarões, eu simplesmente os *admiro*. Há uma beleza neles que nós não conseguimos alcançar. A forma como se movem, a agilidade esguia com que atravessam as grades das casas... Mas o plural é indevido: o tubarão anda sempre sozinho. Não, ainda não é isso: anda sozinho, e sempre. Ele não pode parar, vocês sabiam? Sempre em frente, moto contínuo, não pode se deter jamais."

Está me tirando pra boçal. Todo o mundo sabe dessa: não param nunca, os filhos-da-puta. O sujeito bebeu mais um gole da bebida dele — troço colorido, drinque de veado — e ficou olhando pra longe, cara de besta:

"Um tubarão já cruzou por mim. Colei-me contra a parede e ele não me viu, ou vinha entediado de carne, não se interessou. Eu o vi passar, bem de perto, senti até o hálito quente e podre. Ondulava o corpo para seguir adiante, sinuoso e sensual; a cauda riscando a calçada, para lá e para cá. A coluna é toda ela uma só curva dinâmica e maleável — mas o focinho aponta sempre à frente, agressivo; a boca aberta com duas fileiras de dentes, os olhos redondos e negros, sempre parados na próxima vítima, sempre. Só eu escapei, não sei por quê."

Também não sei. Tenho raiva de quem sabe.

"É uma curva contínua e móvel, confluindo em uma linha reta, de uma objetividade absoluta. E as duas partes se encontram de uma maneira tão... tão... harmônica. Em casa, à noite, quando um tubarão roça a parede do lado de fora, quem não treme de pavor? É essa beleza que nos dá medo... Não sei se o senhor me entende: fosse *eu* arranhar a parede de um inimigo, à noite, ele riria do lado de dentro."

Não respondi. O *barman* quieto, sempre na dele.

"Eu admiro o tubarão", o sujeito repetiu.

Eu ia mandar o cara à puta que o pariu, ele e o peixe charmoso dele, quando cruzou um tubarão-branco pela janela. Um assassino, devorador de pernas e netas. Reparei bem no bicho: o rabo rebolando pra lá e pra cá, a boca aberta cheia de dentes, a barbatana pontuda. E o movimento, pra lá, pra cá, pra lá... Foi-se.

"Viram só? Não é como eu disse aos senhores?"

O sujeito apontava para a janela. O tubarão já tinha passado.
"Cala a boca, imbecil", eu respondi.

O sujeito sentou quieto, olhando pro fundo do drinque dele. Pedi outro uísque. O *barman* aproveitou para falar comigo, baixinho:

"Sabe como é: o amigo ali bebeu além da conta, fica falando bobagem. Não repara."

Quase mandei o *barman* calar a boca também. O que ele sabe? Trabalha de costas pra janela.

Antes do circo

A luz era pouca. O domador pediu que eu permanecesse onde estava enquanto ele ia à procura da lâmpada. O ar carecia do frescor prometido pela penumbra: cheirava a serragem úmida e esterco. Uns restos sujos de sol entravam pelas costuras da lona, deixando mal e mal divisar uma forma negra no chão, poucos passos à minha frente. A respiração anunciou-o antes que eu pudesse vê-lo: inspirava e expirava com um ruído prolongado e dificultoso, a barraca toda ela um alvéolo tísico, expandindo e contraindo ao ritmo daquele ronco encatarrado.

A luz acendeu-se. Era uma lâmpada precária pendendo de um fio que descia rente ao mastro central. O domador deslocou-a para que incidisse diretamente sobre *ele*. Os chifres conservavam um poder que o corpo não era mais capaz de sustentar. Enormes, desproporcionais em relação à cabeça; os cornos arqueavam-se, simétricos, as extremidades tendendo a um ponto virtual no espaço onde a natureza esquecera de fechar uma elipse perfeita. O osso pérola-amarelado brotava do crânio com a força vegetal de um parasita. As orelhas abanavam intermitentes para espantar as varejeiras. Entre a orelha esquerda e a base do chifre havia uma ferida, uma bicheira onde as moscas se refestelavam — impossível discernir se a agitação necrófaga dos insetos se dava à superfície ou *embaixo* do couro. Os olhos tinham uma permanente água turva estagnada no cristalino, e só o focinho mucoso denunciava vida, as narinas alargando-se regularmente com uma obscena sede de ar. Da boca pendia um fio de baba ruminante que se perdia sob os pêlos do tórax — ao longo dos braços, o pêlo rareava progressivamente, até desaparecer por completo nas mãos, encarquilhadas como raízes de uma árvore muito, muito velha, as unhas compridas, duras, sujas de terra. As costelas desenhavam-se sob o couro negro, que se tornava mais claro e liso à medida que descia pelo abdômen cavo e sem mácula, e deste até o sexo, um pênis descomunal descansando sobre o escroto arroxeado. A pele pálida das pernas aderia aos ossos como um papel engordurado.

A luz não alcançava dos joelhos para baixo, zona de obscuridade onde não se saberia se pés ou cascos. Perguntei ao domador onde o tinha achado. Comprei de outro circo, respondeu. Que comprou de outro circo, que comprou de outro, de outro, sempre de outro. E antes?, pensei, e antes dos circos? Mas o domador não era nascido antes dos circos, e nem eu, e então resolvi perguntar só o que ele poderia responder, e só o que me interessava saber.

"Quanto o senhor quer por ele?"

Pedacinho do Céu

para Ana e José, meus irmãos

e sempre me acho sem mim,
quando me busco

Gregório de Matos

Sair, semear. As palavras mesmas, ano após ano após. A semente que morre entre os espinhos, sobre as pedras, no meio do caminho. Na areia tampouco vingaria — esta areia que sob os sapatos faz um barulho esquisito, rangido de cristal vagabundo, vidro partido, pulverizado.

O senso de inadequação, de ridículo, enquanto de jeans e camisa pólo cruzo por sungas, maiôs, biquínis. Quatro degraus, entro, é um alívio escapar do sol (*onde maior incêndio a alma abrasava*, o verso decorado de tanto se repetir para quem não ouve, semente perdida). Não existe teto: traves de madeira escura atravessam o espaço de um lado a outro, convergindo para uma coluna ao centro da sala; sobre as traves, e tão nuas quanto, aparecem as telhas, alinhadas e imbricadas com hermética disciplina. Bem à minha frente, sobre o balcão de madeira, uma enorme garrafa de cachaça lembra que tenho sede.

As mesas, cobertas por toalhas azuis, distribuem-se em duas fileiras ao longo das enormes janelas abertas para a maresia. Uma olhada rápida basta para abarcar todo o restaurante. Lá está ele, na mesa do canto, sem camisa, óculos escuros, o braço direito estendido com displicência no batente da janela, deixando o cigarro consumir-se ao ar livre. Raul Stapler, trinta anos depois.

Paro a seu lado, de pé no corredor entre as mesas. Está olhando para fora: para o casal que joga frescobol a poucos metros do restaurante; os cachorros vadios e brincalhões que, correndo mais ao longe, levantam areia sobre os veranistas; o mar calmo, marolas de espuma mansa avançando cansadas sobre a terra; os atuneiros atarracados e feios que coalham o verde-escuro da água mais profunda; a curva da praia em direção ao poente — suave, quase imperceptível, até fechar seu ângulo bruscamente, como se o arquiteto que a traçou houvesse escorregado a mão do compasso —; a cadeia de morros que daquele lado domina o horizonte, uma massa bruta de rocha e vegetação bloqueando a praia, impedindo-a de fazer toda a volta para se fechar em si mesma e assim roubando àquela porção de mar domesticado a sua vocação de lagoa.

O vulto parado de forma tão conspícua junto à mesa é insignificante perto dessas grandezas naturais, mas tem sobre elas a ameaça da proximidade. Ele afinal se vira em minha direção. Esperava o garçom para anotar o pedido, talvez desejasse um fã pedindo autógrafo (que maior satisfação pode dar a literatura do que ser reconhecido no restaurante, na farmácia, no supermercado?), acharia plausível um turista argentino admirando a fotografia aérea da Ilha de Santa Catarina, na parede às suas costas — mas eu, eu sou uma surpresa que Raul custa a dissimular. Eu deveria recitar, como faço para meus alunos: *desarmado e só venho te buscar.*

Tenho a vantagem fácil da surpresa, mas estou longe de casa. Este o seu mar; esta a sua ilha. Pedacinho do céu: o ambiente despojado, algo rústico, sugere vagamente um *saloon*, os faroestes de John Ford que ele tanto admira e que exerceram mais influência sobre sua literatura do que Machado ou Graciliano. Raul saca primeiro, a saudação certeira para recompor seu desconcerto:

— Odisseu!

Há aqueles que ensinam, e há os professores, eu. Acontece geralmente no fim da segunda ou terceira aula. Estou recolhendo meus livros e notas, que espalho prodigiosamente sobre a mesa para melhor impressionar os alunos dedicados e intimidar os preguiçosos, e noto pelo canto do olho que eles se aproximam. Nunca mais do que cinco, espécie de delegação que mais tarde dará a senha no Bar do Antônio: é verdade, ele conhece o Autor. Há nisso uma constância sobrenatural. Quem me interpela é sempre a moça que carrega livros e cadernos apertados entre o peito e os braços cruzados, e que pelo resto do semestre não vai entender uma palavra do que eu digo.

— Professor Ulisses, é verdade que o senhor é amigo de Raul Stapler?

Deveria negar, mentir, mas não é mais possível, a palavra já se espalhou, vai se transmitindo de *veteranos* para *bichos*. De resto, é o único momento em que consigo seduzi-los. Há anos que não vejo o Raul, ele mora em Florianópolis, respondo com falsa *nonchalance*, mas fomos, sim, muito (mentirosa, essa ênfase adverbial) amigos durante a faculdade.

Recordo como ajudei Raul Stapler a escolher seu nome literário. Só depois de me consultar (e a mais uns cinco ou seis colegas, mas esse detalhe eu prefiro omitir) ele se decidiu a abdicar do sobrenome materno, Hoch, embora ainda ponderasse por um mês a possibilidade de assinar com uma letra misteriosa e aspirada no meio do nome. Fato real, mas encarado com ceticismo pelos alunos. Mexer no nome é abalar a autoridade do escritor, o H. entre Raul e Stapler desafina silenciosamente as escalas da fama.

Também conto do poema que Raul recitou em uma noitada no Alasca. Era um libelo sentimental contra a "macacada verde-oliva" que tinha força para aprisionar nosso corpo mas jamais roubaria a liberdade de nossa alma. Alma?, perguntei então. Pensei que éramos todos materialistas.

Minha sedução é vicária, perde-se quando tento afirmar uma superioridade irônica sobre sua fonte. Mas, professor, Raul Stapler nunca escreveu poesia. Escreveu, sim, informo, apenas teve o bom senso de não publicar. A delegação dispersa-se, decepcionada por não ouvir as aventuras priápicas sempre associadas a Raul. Naquela noite, no Alasca, minha tirada tampouco fez sucesso.

Somente Marília riu.

— Parece gozação, esse teu nome grego absurdo.

Acomodei-me ao comprido sobre o banco, as costas amparadas na meia-parede sob a janela, braços cruzados. Evito encará-lo. Fala muito, a mesma fluência da juventude. Não pergunta o que vim fazer aqui. Deve adivinhar a pergunta que eu desejo fazer.

O garçom traz caipirinha. Raul oferece, recuso. Não quero comprometer minimamente a sobriedade. Peço uma mineral.

Raul bebe um gole do aperitivo. Sorri. Tem os dentes pequenos. A barba — que ele não usava nos tempos de faculdade — lhe dá uma aparência de rato. Um rato charmoso.

É curta a pausa para bebida. Logo ele está falando de novo. *Para falar ao vento, bastam palavras*: que bom te ver, Odisseu — não envelheceste nada — bons tempos, bons tempos — lembras quando... Frases prontas. Também eu tenho a minha antologia — *Triste Bahia! Oh quão dessemelhante — Não fez Deus o céu em xadrez de estrelas — Tanto era bela no seu rosto a morte! — Este é o rio, a montanha é esta. A semente estéril.*

Frases que eu tornei secas, ocas, de tanto ensinar o que não pode ser ensinado. Alguma delas ainda me fala, toca, move? Se até seu nome despi de sentimento: *Graças, Marília bela, graças à minha estrela.*

À minha frente, na parede de tijolo à vista, abre-se uma janela de comunicação para a cozinha. Por alguns momentos, me distraio observando a movimentação lá dentro. Cabeças de mulher, cobertas por toucas, cruzam para lá e para cá, atarefadas e diligentes; de quando em quando se aproximam para entregar ao garçom uma bandeja com pratos fumegantes.

— ...simplicidade. Foi o que eu encontrei — Raul olha para o alto, como se do travejamento do telhado pudesse surgir uma verdade nova e luminosa. — Os pescadores daqui de Pântano estão para mim como os mujiques para Tolstói.

Pela primeira vez, olho Raul de frente.

— Tolstói? — retruco. — Tem vodca demais nessa caipira.

Raul não ri. Tinha mais humor quando jovem.

Sou injusto, como não poderia ser? Não só Marília: também Raul. Os outros ficavam desconcertados de que ele pudesse rir do próprio poema. Levavam-se todos muito a sério e decerto tinham razão para tanto. Eu também me levava a sério na época. *O Leitor Desconfiado*: trabalho para uma vida, que eu desejava concluir antes de me formar em Letras. Mas não podia esperar que os demais compreendessem um projeto que não guardava compromissos com o presente. Eu era o *alienado* da turma.

Raul só escapava da mesma pecha porque cortejava o grupo com seu *engagement* sartriano. Mas todo aquele papo político acabava por aborrecê-lo. No fim da noite, ele arrastava a cadeira para meu lado da mesa. Sempre trazia um livro recém-lido, um autor novo, um crítico ainda desconhecido no Brasil, para nutrir minha admiração invejosa. Por mais que me esforçasse, não conseguia superar seu brilho, sua eloqüência tão natural. Era com uma felicidade aliviada que eu ouvia Marília cochichar ao meu ouvido observações ferinas sobre a vaidade de Raul: "Como ele gosta de se ouvir!" Sim, ainda tenho chance, Raul não a impressiona tanto quanto a mim mesmo. Mas, se em seguida eu esticasse o braço para a garrafa de cerveja, manobra para mudar minha posição de forma supostamente imperceptível e assim observar Marília sem ser notado — a inútil dissimulação dos apaixonados, sempre tão evidente para o objeto da paixão —, eu a encontraria olhando para Raul, com um sorriso que eu não sabia se irônico ou embevecido. *Teus olhos são réus e culpados.*

O ciúme deformava o que eu via. Marília, afinal, foi a primeira a perceber a pose de Raul. Eu mesmo só suspeitei bem mais tarde, já depois de ele ter seu primeiro livro de contos publicado. Raul e eu passáramos a noite discutindo O *Tempo e o Vento*, que não passava, concordamos, de uma monumental glorificação ideológica da oligarquia rural gaúcha (e se eu revisasse hoje essa posição, retiraria apenas o adjetivo "monumental"). Dali a um mês, porém, Raul mobilizava a atenção de todo o bar com o relato de sua visita a Erico Verissimo. O consagrado romancista prodigalizara vastos elogios aos contos do autor estreante. Um dos colegas que se levavam a sério interrompeu a história para atacar Erico, um escritor reacionário, que vivia a soldo do imperialismo americano. Raul de pronto referendou aquelas críticas, só para seguir reproduzindo a conversa: "Erico então me disse..." O elogio célebre tanto mais crescia junto ao público porque Raul fingia desprezá-lo.

Tentei me agarrar a sua ironia, a sua virulência ideológica, mas a imagem era mais forte: Raul subindo a Felipe de Oliveira a pé para levar seu livro de estréia para Erico Verissimo, como um camponês pagando tributo ao senhor feudal.

Minha chance com Marília: integridade. Até isso eu pus a perder.

O garçom coloca sobre a mesa um prato com duas casquinhas de siri (a melhor casquinha da ilha, segundo Raul) e gomos de limão. Raul empurra o prato na minha direção, para que eu me sirva primeiro:

— Retrógrados caranguejos! — anuncia.

Como não dou mostras de entendimento, ele repete a citação. Lembras do velho professor Antônio? Nos fazia ler Bento Teixeira! E ri de boca cheia, os pequenos dentes de rato com fiapos de siri. Retrógrados caranguejos! Ah, Bento Teixeira!

Botelho de Oliveira, corrijo.

Ainda dás aula de literatura colonial, Odisseu?

Não respondo. A semente morta: professor de literatura colonial. *Pregar com fama e com infâmia.*

Somente Raul me chamava de Odisseu. Outros colegas tentaram adotar esse apelido semi-erudito, mas minha recepção fria os desencorajou. A ironia triste desse nome, Ulisses: não sou, nunca fui um viajante. De nós três, eu era o único que vivera sempre em Porto Alegre. Morava ainda com meus pais, em uma casinha com quintal e cachorro em Teresópolis. O sotaque fronteiriço e algo espanholado de Marília vinha de Santana do Livramento. Raul era natural de Novo Hamburgo, onde os Stapler tinham uma poderosa empresa calçadista.

Raul não ostentava sua riqueza, nem se sentia obrigado a escondê-la, ainda que nossos colegas mais radicais considerassem que todo dinheiro era de infame casta. Morava em um bom apartamento na Duque de Caxias, e esse espaço reservado muito atormentava minha imaginação ciumenta.

Poucas vezes nos reunimos nesse apartamento. Para continuar a conversa do Alasca em um círculo mais próximo e aconchegante, preferíamos a pensão para moças de Marília. Havia um prazer especial em invadir aquele lugar onde as visitas noturnas — e em particular as masculinas — eram proibidas. O quarto era pequeno; Raul e eu travávamos uma guerra abafada, uma batalha de empurrões e cotoveladas que Marília tentava inutilmente silenciar, para decidir quem ocuparia o lugar ao lado dela, na cama. O perdedor — quase sempre eu — sentava-se na desconfortável cadeira da escrivaninha, ou se acomodava no chão. Respeitávamos, com um pudor tácito, a cama da companheira de quarto de Marília, sempre ausente nos fins de semana, quando visitava os pais em Erexim.

A maconha, que alguns dos colegas mais "sérios" reprovariam como uma forma de "alienação", ajudava a descontrair, a relaxar as defesas de nossas cidadelas particulares. O que dizíamos ali, porém, não seria segredo no círculo maior do Alasca. Reclamávamos do professor que exigia a leitura de autores obscuros como Botelho de Oliveira, criticávamos o governo autoritário, discutíamos se Caetano ou Chico. Mudava apenas o modo como o dizíamos, não sei se por efeito da fumaça ou da intimidade. Em nenhum outro lugar jamais me senti tão livre, tão solto, quanto naquele quarto apertado. Mesmo Raul se despia da pose para falar com sinceridade de sua insegurança quanto ao que escrevia.

Insegurança que no entanto não era obstáculo: Raul estava certo de que seria um escritor *profissional*. A celebridade literária fascinava-o mais do que a literatura em si. Meu projeto, *O Leitor Desconfiado*, era talvez ainda mais ambicioso, abarcando de Platão a T. S. Eliot em um só sistema crítico ainda (e desde sempre) inarticulado. Apenas Marília não tinha projetos, ou pelo menos não falava deles. Ouvia nossos planos com uma atenção participante, quase intrusiva. Ajeitava os solecismos dos contos de Raul, apontava meus equívocos teóricos — mas tudo isso a entediava. Acusava a nós dois de *falarmos* demais, e para o vazio. Não queria palavra que não fosse um trovão, um raio. Como então podíamos pensar em literatura, a nossa ou a dos séculos, quando o Brasil reclamava uma *posição*? Sim, ela também se levava a sério, apenas com mais graça do que os colegas chatos do Alasca (em quem, aliás, ela tampouco reconhecia qualquer determinação positiva).

Eu não queria saber do Brasil, do Vietnã, de Cuba. Não queria saber nem do dia seguinte (deixávamos a pensão sempre por volta das cinco; a dona acordava muito cedo). Bastava o que eu tinha dentro do quarto: maconha e Marília. Raul? Raul já era o mundo. Já era demais.

Era Raul quem trazia a maconha. Ainda assim, eu acompanhei Marília até a pensão na noite em que ele foi a Novo Hamburgo para o casamento de um primo, e aceitei entrar para um baseado que eu sabia, que nós sabíamos não existir. Foi um fracasso, aquela noite — e eu a revisito todos os dias.

Até então eu só conhecera prostitutas. Não sabia como me portar com Marília, e ainda tinha essa ridícula certeza de que ela seria virgem. Já estávamos nus, com a luz acesa, ela não se mostrara inibida em momento algum, *tão nua e com tanta inocência descoberta*, e no entanto perguntei, baixinho em seu ouvido, com uma delicadeza exagerada e feminil, se poderia *entrar*. Marília riu — a risada que até então eu amava, muito clara e muito alta — e me agarrou com força.

Guardei a imagem de Marília *depois*, deitada de bruços, as costas cobertas pelo cabelo loiro e liso, o rosto parcialmente escondido no travesseiro, a pele muito clara sob a luz amarelenta da lâmpada de 60 watts. Comprimido contra a parede na cama estreita, eu a admirava com a visão e o tato. Ela gemeu, manhosa, quando desci a mão por suas costas: "Ulisses, querido." Volto sempre a essa cena, mas não porque me cause prazer. Gostaria de entender o que há de errado, de falso nesse quadro.

No outro dia, na faculdade, ela me cumprimentou do jeito efusivo de costume. Deu-me um panfleto do DCE contra não sei que determinação do governo e seguiu adiante, para entregar sorrateiramente o mesmo documento a outros colegas. Desfazia-se ali outra das minhas noções falsas — a de que seríamos *namorados*. Éramos três novamente, e eu não reencontrei na pensão a doce, antiga paz. Se voltava lá, era só porque não suportava a idéia de Marília e Raul sozinhos no quarto. Tinha, aliás, a certeza dolorosa de que já havia acontecido.

Por insinuações mais ou menos desastradas, fui impondo a Marília meu desejo de repetir aquela noite. Ela afinal assentiu, três meses mais tarde. Era janeiro, meus pais foram passar o fim de semana na casa de um parente em Tramandaí. Levei Marília a Teresópolis. Provavelmente os dois melhores dias da minha vida — mas, quando busco recordar Marília nua sobre a cama de casal dos meus pais, é à imagem do quarto de pensão que acabo retornando.

No primeiro dia de aula daquele ano, aparecemos na UFRGS de mãos dadas. No fim de semana, Raul já se juntava a nós na pensão. *A firmeza somente na inconstância.*

Considerados os fatos com a necessária frieza, preciso reconhecer que não perdi Marília. Nunca foi minha. Eu apenas me perdi.

Talvez não fosse retaliação, a pergunta sobre literatura colonial. Pois agora Raul está falando, com interesse aparentemente legítimo, sobre meu livro. Gregório de Matos. Fico surpreso que ele o tenha lido. Que qualquer um o tenha lido.

Questiona os pontos da tese que acha mais duvidosos ou polêmicos. Respondo molemente. Nunca tive grande convicção do que dizia. Reconheço a velha estratégia: adular o interlocutor para fazer dele um melhor ouvinte. Só que Raul não conhece o caminho para me adular. *Ouvintes de entendimentos agudos e ouvintes de vontades endurecidas são os piores que há.* Tenho as duas qualidades.

A conversa morre. Raul abre o cardápio. Os pratos são fartos, diz, um só chega e sobra para nós dois. Sugere o peixe ao forno. Concordo.

Raul não desiste de me conquistar. Arrisca — e erra:

— E *O Leitor Desconfiado*, em que pé anda?

Minha dissertação de Mestrado: uma análise estrutural de *Quincas Borba*. Estrutural porque o estruturalismo estava em voga. *Quincas Borba*, eu não sei justificar por quê. Dos romances maduros de Machado, é o que menos aprecio. Meu Doutorado: Gregório de Matos. Tema cômodo para quem lecionava literatura colonial.

Revisei e publiquei a tese sobre Gregório recentemente, pela editora da UFRGS. Requentado acadêmico de tudo quanto já se disse sobre o Boca do Inferno. Foi Laura quem me incentivou a buscar edição. A alegria dela quando cheguei em casa com os primeiros exemplares! Saltitava e batia palmas, uma foca com sardas. Sempre teve uma idéia exagerada do meu valor intelectual, desde o tempo em que era minha aluna.

Busquei divulgação. Recomendaram que falasse com certo editor de literatura de *Zero Hora*. Ele me recebeu na entrada da redação, solícito mas apressado. Conversamos de pé. Jovem, vinte e cinco, máximo trinta anos, cabelos loiros compridos (a imagem de Marília, totalmente fora de propósito, veio me perturbar), tênis, jeans e camiseta, uma figura incongruente com a sisuda autoridade que afetava em suas resenhas. Tentei explicar do que tratava a tese. Ele anuía com a cabeça, folheando seu exemplar, como se fosse possível acompanhar no livro o que eu estava dizendo. Ali mesmo pensei: esse guri nunca leu um só verso de Gregório. Senti como era indigno aquilo, bater à porta de um jornal para mendigar publicidade — como Raul teria feito.

Duas semanas depois, *Zero Hora* trazia, no suplemento de cultura, uma notinha insignificante sobre meu livro. Tive melhor sorte no *ABC Domingo*, de Novo Hamburgo, jornal em que um colega professor mantém uma coluna de literatura. Depois das controvérsias entre Antonio Candido e Haroldo de Campos sobre o "seqüestro do barroco", argumentava o colunista, era salutar ouvir um ponto de vista *gaúcho* sobre o tema. Agradeci ao colega a crítica generosa, não sem algum constrangimento. Nunca foi minha intenção vestir bombachas no pobre Gregório.

E o projeto tantas vezes debatido com Raul e Marília? Minha idéia amalucada era promover um gigantesco confronto entre a obra e as idéias de alguns célebres autores-críticos, começando por Platão, o filósofo e o poeta da *Antologia Palatina* (e sequer me constrangia o fato de ter interrompido o grego clássico no segundo semestre). Queria aferir como o julgamento crítico era comprometido pelo projeto estético, e vice-versa. Os capítulos eram ilimitados: Eliot sobre *Hamlet*, Nabokov sobre Dostoiévski, Pound sobre todo o mundo.

Ainda acalentava a idéia, com um pouco mais de modéstia e bom senso, quando ingressei como professor na UFRGS. Vi-me transformado em professor de Literatura Brasileira, e especialmente de literatura colonial (ninguém mais queria ensinar Vieira e Gregório). O projeto original só contemplava um capítulo brasileiro, aliás, luso-brasileiro — Machado sobre *O Primo Basílio*. Adaptei-o para incluir Oswald sobre os árcades e Mário sobre todo o mundo.

Adaptei-o *mentalmente*: nunca escrevi uma só página de *O Leitor Desconfiado*. Aliviava a frustração dividindo algumas idéias com os alunos. Ainda que a cadeira fosse de Literatura Brasileira, sempre soube improvisar desvios digressivos para ler em aula um trecho de *Dom Quixote* e assim contestar a afirmação borgiana de que Cervantes não tinha estilo. O objetivo era fazer de meus alunos bons leitores, leitores *desconfiados*, que não se deixassem intimidar pelo julgamento das grandes autoridades. Ao longo do tempo, fui surpreendido por uma receptividade crescente às minhas idéias. Depois entendi como essa recepção era tortuosa, a desconfiança irônica convertida em ódio estúpido. Alunos de Letras cada vez mais detestam literatura; meus argumentos eram distorcidos para justificar essa hostilidade. A turma de Laura foi a última para a qual falei de meu projeto.

Não saí, não semeei. A semente apodreceu no meu bolso. Às vezes descubro, em um autor consagrado, certo traçado de idéias que me é familiar, e então digo que era *mais ou menos isso* o que eu queria dizer. Alguém em Oxford, ou Yale, ou até mesmo na Unicamp um dia vai dizer *exatamente isso*, a idéia que eu tateei e perdi em um quarto de pensão para moças.

— Porto Alegre é o atoleiro do talento!

A mesma frase, terceira vez. Feliz com seu achado. (O hálito de Marília, recendente a cerveja: "Como ele gosta de se ouvir!") Aconselha que eu saia de Porto Alegre, que busque um centro universitário de verdade, para trabalhar no *Leitor*.

— Atoleiro do talento!

Raul pergunta se prestei atenção nas placas com nomes de localidades, na estrada. Não, sou um motorista desatento.

As três primeiras cidades de Santa Catarina: Sombrio, Turvo, Ermo.

O sentido certo é o contrário, explica. As três cidades e o estado que as sucede formam uma escala de obscuridade crescente: Ermo, Turvo, Sombrio — e Rio Grande do Sul. A piada é longa e arrastada demais para despertar riso espontâneo.

Raul na verdade nunca deixou o Rio Grande do Sul. Sua fonte de renda é a fábrica de sapatos que um irmão administra em Novo Hamburgo. Mora em Florianópolis, mas publica seus livros por uma editora insolvente de Porto Alegre. Desconhecido no resto do Brasil. Seu último romance foi ignorado pelos jornais de São Paulo. O *JB* publicou uma resenha pequena — e negativa.

Mas não digo nada disso. Não vim aqui brigar com ele.

Foi a única vez em que a vi chorar. Aliás, não a vi: por telefone.

Andávamos afastados. A turma do Alasca cada vez mais refratária à minha presença. Algo que eu não deveria saber: mudavam de assunto ou simplesmente silenciavam quando eu chegava. Raul era o único que ainda me incluía na conversa. Marília, a seu lado, evitava me olhar. Aos poucos, o grupo foi deixando o Alasca, e ninguém se preocupou em me dizer para que bar haviam migrado.

Foi quando surgiu a oportunidade na UFRGS que ela me ligou. As circunstâncias converteram em herói da dignidade o chato que exigia a leitura da *Prosopopéia* de Bento Teixeira (professor Antônio talvez fosse ambas as coisas: um herói e um chato). A voz de Marília se desmanchando, úmida, quente, como um emplastro que me grudasse ao aparelho, Ulisses, tu não podes ocupar essa vaga. Não eram apenas razões morais que ela levantava: a UFRGS era pequena e tacanha para *O Leitor Desconfiado* (e eu nunca percebera que ela acreditava mais do que eu no projeto). Eu a ouvi com atenção trêmula, concordei, chorei com ela — mas não mudei minha decisão. Meu único e débil contra-argumento: se não eu, alguém pior.

Um ruído qualquer na linha, um soluço, talvez, e a voz do outro lado se recompôs. Marília seca, definitiva:

— Todos terão sua razão, mas tudo tem sua conta.

Terá dito isso de maneira mais áspera, grosseira até. É meu direito embelezar as frases de quem amei.

Salada, arroz, feijão, umas batatas fritas "encrespadas", muito bonitas. Pirão. E uma anchova assada, coberta por uma rica decoração de pimentões, alcaparras e outros condimentos. A alma se rende mais pelos olhos que pelos ouvidos.

Raul pede cerveja. Bebo uma coca. A comida reanima-o. Volta a falar de literatura. Da *sua* literatura, bem entendido. O chiste da vodca só de leve abalou sua pose, que aos poucos vai se reerguendo como um colosso barroco. Não é tolo de repetir o paralelo com Tolstói, mas fala ainda dos pescadores. Minha literatura dá voz a essa gente simples, a essa gente que não tem voz. Observo que não há pescadores em seus livros. Ah, sim, mas há pobres e marginais, monturo de Porto Alegre, seu mal e sua escória.

Baixo os olhos para o prato. Como em silêncio. Comeria com gosto, não estivesse na companhia do próximo romance de Raul Stapler, uma saga abrangendo três séculos de história do Rio Grande do Sul, sob "a ótica do homem do povo". Mais um tributo a ser pago na Felipe de Oliveira.

Olhos, espelho, luz: tudo o que um homem precisa para enxergar a si mesmo. Raul dispensa espelho: estou aqui para refleti-lo; o silêncio que eu desejaria hostil é interpretado como lisonja.

Ali respira Amor sinceridade. Como, como ela pôde amá-lo?

Procurei Marília na pensão, não vivia mais lá. Ninguém sabia me dizer para onde se mudara. Eu a vi uma última vez por acaso, na Rua da Praia. Muito diferente, não só pelo cabelo curto, pintado de negro: algo havia mudado na qualidade de seus passos, de sua expressão, de seu gesto, um toque de terror na antiga e apaixonada urgência com que desejava viver. Tenho certeza de que me reconheceu. Desviou o caminho para me evitar.

A palavra "clandestinidade" soava tão esotérica, tão escura, eu não conseguia associá-la ao riso luminoso de Marília. E no entanto era bom pensar que só por isso ela desviara seu trajeto na Rua da Praia. *Terra de gente oprimida...* Histórias brutais, versões contraditórias. Baixavam a voz para dizer seu nome.

E também o de Raul Stapler. O que mais me doía era saber que os dois nomes haviam desaparecido juntos. Desterro. O ciúme é absorvente e egoísta: eu o desejava morto, mas logo fantasiava que sua morte o transfiguraria em mártir, em herói aos olhos verdes de Marília. Então desejava que *ela* estivesse morta.

Raul afinal reapareceu — sozinho. Lançou seu primeiro romance. Escrevi uma crítica para o *Caderno de Sábado* do *Correio do Povo*. Acusava Raul de não fazer literatura, mas cinema ruim. No início do livro, uma moça procura o rapaz com quem teve uma noite de sexo casual. Está grávida, quer ajuda para pagar um aborto. O rapaz aceita ajudá-la. Vão juntos para uma clínica imunda, onde ela quase morre. A ação prossegue até o ponto em que os dois se engajam na guerrilha urbana — mas a situação inicial é toda decalcada de um filme pobre com Natalie Wood e Steve McQueen. *Mediocridade* e *indigência* eram as palavras-chave da minha resenha. Duas semanas depois, a censura proibiu o romance. Saí do episódio consagrado como o crítico oficial da ditadura.

Meu único medo era que Marília ouvisse falar do episódio. Mas ninguém sabia onde ela andava, se é que não havia... E eu já tinha outras mulheres com que me preocupar. Exigiram menos e me aborreceram mais. Laura, a última, e a mais duradoura, de uma longa série de alunas. Estava comigo, no Copacabana, no almoço de intelectuais (pretensos, como eu) em que um jornalista de esquerda revelou, para escândalo da mesa, por que Raul Stapler não concede mais entrevistas. Tem medo, berrava o sujeito, medo das perguntas. E garantia que Raul era um delator. Todo o seu grupo fora engolido pelos porões, mas ele logo em seguida saiu a público com um romance. Censura? Censura nenhuma! Tudo cortina de fumaça.

Perguntei sobre Marília. O jornalista não sabia dela. Era a primeira vez que Laura me ouvia pronunciar aquele nome (excetuada a aula sobre Gonzaga, naturalmente). A última foi há duas semanas: no ponto mais alto e quente do bate-boca, chamei-a de Marília. A gota de fel para entornar o copo. Arrumou as coisas e voltou para a casa dos pais.

Ainda não foi então que me decidi a procurá-lo, a dirigir quinhentos quilômetros e atravessar o *largo Oceano de permeio* entre nós (menos, bem menos: é só cruzar a ponte). Foi só hoje de manhã, depois do café. Recolhia com a mão o farelo que caíra sobre a mesa de fórmica — quando tive o *estalo*: aquele gesto resumia tudo, meu fracasso, minha solidão, e até a ignomínia, a sujeira miúda da vidinha acadêmica consubstanciada nas cascas de pão grudadas no suor da pele. A mão suja. Pior que suja, vazia.

Já tivera a avassaladora autoconsciência antes. A morte de Dirceu. Marília encontrara-o na rua, filhote pulguento e magro. A dona da pensão não aceitava animais, levei-o para Teresópolis. Batizei-o com o nome do pastor-poeta em homenagem a Marília (embora ela detestasse Gonzaga e os árcades em geral). Dirceu mudou-se comigo quando o salário da UFRGS me permitiu alugar um apartamento na Cidade Baixa. Foi assim que numa manhã chuvosa de maio eu me vi limpando a caixa de areia do gato que saltara pela janela do sétimo andar. Uma morbidez obscena me fez dispensar a pazinha para cavoucar com as mãos em busca de seus últimos dejetos.

Também na única vez em que pensei nela para. Andava sozinho, depois de já nem lembro quem, antes de Laura. Sentado na patente, nudez patética, quase quarenta anos, e me masturbando. Uma punheta para Marília, vigorosa, como eu não soube ser na primeira noite. O orgasmo rápido e frustrante. A mão melada: *est verbum Dei*.

Sem outra paga que o repartido por mãos escassas, mísero sustento. Trecho do *Uraguai*. Dos versos seguintes, só lembro uma expressão solta: "vistosas penas". Referência a um cocar, eu acho.

O jornalista mencionara o nome da praia. Pântano do Sul. *Guia 4 Rodas*, mapa de Florianópolis: sul da ilha, adiante de Campeche, passando Armação. Vila de pescadores, lugar pequeno. Fui perguntando aqui e ali, descobri sua casa. A empregada, debruçada na janela do segundo andar, informa, com expansiva simplicidade, que seu Raul saiu para almoçar "lá na Zenaide". E logo nota que a indicação familiar não ajuda a quem vem de fora:

— É no restaurante Pedacinho do Céu, lá na praia.

Meu senso de ironia lembrou o Sartre que todos líamos naqueles anos. O inferno um para o outro, Raul e Ulisses. Perto do fim, agora. Raul faz questão de pagar o almoço, está preenchendo o cheque com sua mais elegante letra cursiva. Não assina: autografa.

O garçom recolhe o pagamento. Raul faz menção de ir embora — bom, Odisseu, foi legal te ver, mas tenho que andar. Seguro seu braço. Ele se cala. O nome que estivemos evitando, Raul sabe que vou dizê-lo.

— E Marília? O que houve com Marília, Raul?

Todo o alento escapa pela boca, mas não é propriamente um suspiro. Plantas não suspiram: Raul está murchando. Velho. Só então reparo no peito magro, os mamilos macilentos, o pêlo basto de um grisalho sujo. Olha demoradamente para fora, a mesma paisagem de areia, banhistas, cães, mar, barcos, morros. Quando afinal se volta para mim, vejo que o sol derreteu sua máscara de cera; o rosto, o corpo que ele exibe sem pudor saiu ferido da queda abissal, do alto de sua impostura até a prosaica mesa de um restaurante praiano.

Raul fala sem o resguardo da pose, como falava na pensão, amolecido pela maconha. Não o interrompo, ouço apenas — três, quatro horas? Raul fala. O sol já se esconde atrás das nuvens pesadas e baixas que cobrem os morros. Amanhã chove.

As mãos de Raul, veias cinzentas e grossas sobre a toalha azul, o cigarro consumindo-se entre o indicador e o médio da mão direita. Está calado agora. Estamos calados. Raul apaga o cigarro no cinzeiro cheio. Inclina-se sobre a mesa, beija minha face esquerda. E se vai.

Sair, semear. Deixo o Pedacinho do Céu. A areia faz um barulho esquisito sob os sapatos. Aos poucos, a brisa do mar vai apagando essa suave comichão que sua barba provocou no meu rosto.

Este livro foi composto na tipologia Electra LH Regular, em corpo 11/16, e impresso em papel off-white 90g/m² no Sistema Cameron da Divisão Gráfica da Distribuidora Record.